Manufactured by Amazon.ca
Bolton, ON

41937534R00087

داستان های شاهنامه

(جلد دوم)

از کیقباد تا کیکاوس:

هفت خان رستم، جنگ هاماوران، رستم و سهراب، داستان سیاوخش، رفتن گیو به ترکستان در جست و جوی کیخسرو

نوشتهٔ میمنت میرصادقی (ذوالقدر)

تصویرگر: موریس گبری

Bahar Books

www.baharbooks.com

Mirsadeghi (Zolghadr), Meimanat
Stories of Shahnameh vol.2 (Persian/Farsi Edition)/ Meimanat Mirsadeghi (Zolghadr)

Illustrated By: Maurice Gabry

ISBN-10: 1-939099-57-9
ISBN-13: 978-1-939099-57-0

Published by Bahar Books, White Plains, New York

بزرگا! جاودان مردا! هُشیواری و دانایی
نه دیروزی که امروزی، نه امروزی که فردایی

همه دیروز ما از تو، همه امروز ما با تو
همه فردای ما در تو که بالایی و والایی ...

چو زینجا بنگرم، زان سوی دَه قرنت همی بینم
که می گویی و می رویی و می بالی و می آیی؛

به گردِ ت شاعران انبوه و هریک قلّه ای بشکوه
تو اما در میان گویی دماوندی که تنهایی ...

پناهِ رستم و سیمرغ و افریدون و کیخسرو
دلیری، بخرَدی، رادی، توانایی و دانایی

اگر سهراب، اگر رستم، اگر اسفندیارِ یَل
به هیجا و هجوم هریکی شان صحنه آرایی ...

اگر خوزی، اگر رازی، اگر آتورپاتانیم
تویی آن کیمیای جان که در ترکیبِ اجزایی

طخارستان و خوارزم و خراسان و ری و گیلان
به یک پیکر همه عضویم و تو اندیشهٔ مایی

تو گویی قصه بهر کودک کُرد و بلوچ و لُر
گر از کاووس می گویی و راز سهراب فرمایی...

اگر در غارت غُزها و گر در فتنهٔ تاتار،
وگر در عصر تیمور و اگر در عهد این هایی،

هماره از تو گرم و روشنیم، ای پیرِ فرزانه!
اگر در صبحِ خرداد و اگر در شام یلدایی ...

بخشی از قصیدهٔ شفیعی کدکنی درستایش فردوسی

فهرست

چند کلمه با شما

حقیقت این است که به نثر درآوردن آثار منظوم به همان اندازه به آن آسیب می رساند که ترجمه کردن آن از زبان اصلی به زبان های دیگر. چراکه در این کار ـ همچنانکه در ترجمه ـ کلامِ شاعر، موسیقی یعنی آنچه را که پیش و بیش از همه مایهٔ تشخص و تاثیر آن است، ازدست می دهد و نظم و آرایش کلمات که حاصل دقت و مهارت شاعر در انتخاب آن هاست، یکسره در هم می ریزد و در دوباره نویسی آن حتی اگر همان کلمات شاعر هم به کارگرفته شود، متن به سختی می تواند همان تاثیری را القا کند که در کلام اصلی شاعر بوده است.

با اینهمه همچنان که در طول قرن ها، ملت ها از ترجمه کردن آثارِ شعریِ زبان های یکدیگر ناگزیر بوده اند و آن را وسیله ای مناسب برای دستیابی به شاهکارهای شعری دیگر زبان ها دیده اند، متن های منثوری هم که از شاهکارهای شعری ارزشمند و اغلب پر حجم گذشته فراهم می شود، می تواند راهی باشد برای دست یافتن به این آثار. به خصوص برای کسانی که توجه شان به شعر بیشترجنبهٔ ذوقی دارد تا تحقیقی و زندگی پرمشغلهٔ امروز، مجال خواندن آثار مورد علاقه شان را ازآن ها گرفته است.

بی گمان توجه به همین نکته است که بسیاری از ادیبان و نویسندگان را برآن داشته تا بعضی از شاهکارهای شعری گذشته، از جمله شاهنامه را به نثر درآورند و هرکدام برحسب

ذوق و سلیقه و برداشت و دیدگاه خود، آن را بازنویسی کنند و در دسترس علاقمندان قرار دهند*.

فردوسی وزن مناسب، زبان ساده و در عین حال پرتحرک، لحن حَماسی، صحنه آرایی و فضاسازی درست و گفت و گوهای دقیق و به جا و به عبارت دیگر همهٔ مهارت های خود را در داستان پردازی به کار گرفته و این همه را با ذوق و هنر شاعری خود همراه کرده تا برای ما داستان هایی پر کشش و جذاب از نیاکان مان به جا بگذارد. در این برگردان سعی بر این بوده تا بیش از هر چیز هنر داستانسرایی او نمایانده شود؛ هنری که شاهنامه را ماندگار کرده و نام فردوسی را بر قلهٔ شعر فارسی نشانده است.

به همین دلیل برای حفظ خط اصلی روایت ها و برای اینکه در شرح سلسلهٔ وقایع، وقفه‌ای پیش نیاید، اندرزها و تمثیل های پندآمیزی که فردوسی به مناسبت،گاه از زبان خود و گاه از زبان دیگری نقل می کند، کنارگذاشته شد . بعضی از توصیف های طولانی از صف آرایی های سپاهیان و صحنه های جنگ که فردوسی آن ها را به تفصیل و با اِطنابی هنرمندانه بیان کرده نیز حذف شد. به این دلیل که آن توصیف ها تنها به زبان شعر گیرا و زیباست و در نثرنه تنها زیبایی خود را از دست می دهند، بلکه از سرعت نقل حوادث نیز می‌کاهند و خواننده را از توجه به آنچه در حال پیش آمدن است، باز می دارند. شرح دلاوری هایی که اغلب از زبان پهلوانان بیان می شود و بیشتر جنبهٔ تفاخر و رجزخوانی دارد، نیزکنارگذاشته شد. با اینهمه بعضی از آن ها -گاه به نثر و گاه به صورت اصلی- نقل شد. به خصوص در مواردی که به شناخت شخصیت و حالت های روحیِ گویندهٔ آن کمک می کرد. در بعضی از داستان ها، حوادثی که پیش از آن به تفصیل روایت شده، گاه از زبان یکی از شخصیت ها و گاه به صورت نامه و

---

* تا آنجا که اطلاع دارم دکتر زهرا خانلری، دکتر احسان یار شاطر ، دکتر سید محمد دبیرسیاقی ، دکتر جلال الدین کَزّازی، محمود کیانوش و ایرج گلسرخی تمام یا بخش هایی از شاهنامه را به صورت نثر منتشر کرده اند و این همه به جز کتاب هایی است که در چهار دههٔ اخیر با اقتباس از شاهنامه به صورت های گوناگون و در سطح های متفاوت به طور خاص برای کودکان و نوجوانان تهیه شده است.

پیغام برای دیگری بازگو می شود، این نوع بازگویی ها نیز چون به محتوای اصلی روایت چیزی نمی افزود، حذف شد.

هر جا که فردوسی منظور خود را در پوشش کنایه هایی گیرا و زیبا بیان کرده یا ضرب المثل ها و اصطلاحات زبان را به راحتی و سادگی در کلام حَماسی و باشکوه خود گنجانده است، صورت منظوم آن عیناً نقل شد تا خواننده گوشه ای از مهارت های زبانی او را دریابد. همچنین است مورد هایی که بیت یا مصراعی از شاهنامه به صورت ضرب المثل رواج یافته و جزیی از زبان فارسی شده است.

در موارد بسیار، کلام فردوسی چنان موجز و فشرده و در عین حال کامل و زیبا و رساست که درهم ریختن آن صورتِ یگانۀ هنری، حرام کردن آن و گناهی نابخشودنی است. ترجیح داده شد که خواننده اینگونه بیت ها را که همچون دانه های انگور آبدار و شهدآمیزند، دست نخورده و به اصطلاح « درسته » در دهان بگذارد تا طعم واقعی کلام شاعر را بچشد و از آن لذت ببرد.

علاوه بر این ها در جای جای این برگردان بیتهایی از شاهنامه عیناً نقل شده است تا خواننده یکسره از هنر شاعری فردوسی بی خبر و بی بهره نماند و تا حدی با زبان و لحن و شیوۀ توصیف و تصویرپردازی و در مجموع با فضای شعر او آشنا شود.

***

متن انتخابی برای این برگردان، شاهنامۀ تصحیح آقای دکتر جلال خالقی مطلق است که در امریکا توسط "Bibliotheca Persica" و زیر نظر دکتر احسان یارشاطر و در ایران توسط مرکز دایرۀ المعارف بزرگ اسلامی منتشر شده است.

لازم به یادآوری است که در این تصحیح، بسیاری از نام های اشخاص و جاها با شکلی متفاوت از آنچه معروف است، ضبط شده است. این شکل های متفاوت عینا حفظ شده اند و

برای آگاهی خوانندگان هرجا که برای اولین بار در متن آمده اند، شکل معمول و معروف تر آن ها در پرانتز ذکر شده است. مصحح محترم بخش هایی ازشاهنامه را الحاقی تشخیص داده اند و آن هارا به پانویس برده اند. از میان آن ها « داستان پیدایش آتش » با توجه به آنچه دکتر جلال خالقی مطلق در یاداشت های مربوط به مقالهٔ « معرفی قطعات الحاقی شاهنامه » در کتاب « گلِ رنج های کهن » نقل کرده اند، به متن افزوده شد. در موردهای بسیار نادر، نسخه بدل های بعضی از واژه ها یا بیت هایی که ایشان در پانویس ذکر کرده اند، ترجیح داده شده است.

برای معنی واژه هایی که در پانویس آمده، از «فرهنگ شاهنامه» چاپ فرهنگستان هنر و «واژه نامک» تالیف عبدالحسین نوشین، چاپ بنیاد فرهنگ ایران و همچنین «فرهنگ بزرگ سخن» چاپ انتشارات سخن، استفاده شده است.

***

اساس کار فردوسی شاهنامه ای بود به نثر که در سال ۳۴۶ قمری به همت یکی از سرداران دورهٔ سامانی به نام ابومنصور محمدبن عبدالرزاق و به یاری چهار موبد زردشتی فراهم آمده بود و به «شاهنامهٔ ابو منصوری»* شهرت داشت.

بدین ترتیب آنچه فردوسی در شاهنامه به ما عرضه می کند، دقیقا شاهنامهٔ ابومنصوری نیست. بلکه برگزیده ای از روایت های مربوط به ایران پیش از اسلام است که او با حذف یا افزودن بعضی از شخصیت ها و داستان ها شکلی یکپارچه و منسجم به آن ها بخشیده است، تا شاهنامه به محتوا و ساختی مناسب برسد. در آنچه فردوسی فراهم آورده است، هم بازمانده هایی

---

* ماخذ اصلی گردآورندگان شاهنامهٔ ابو منصوری، کتابی بود به نام « خداینامک » به معنی شاهنامه که در دورهٔ ساسانیان فراهم آمده بود و بخش عمدهٔ آن به تاریخ ساسانیان اختصاص داشت. گرد آورندگان، اجزای پراکنده ای از این کتاب را که تا دورهٔ سامانیان باقی مانده بود، ترجمه کردند و روایت های مکتوب و همچنین شفاهی موجود در آن دوره را به آن افزودند. از شاهنامهٔ ابو منصوری تنها مقدمهٔ آن به دست ما رسیده است.

از اسطوره های هند و ایرانی، هم جای پای روایت های اسطوره ای و حماسی اوستا، هم سرودهای خنیاگران پیش از اسلام در شرح دلاوری های پادشاهان و پهلوانان افسانه ای و تاریخی و هم گزارشی از وقایع تاریخی برهه ای از تاریخ ایران را که با افسانه و اسطوره آمیخته است، می بینیم که با هنرمندی با هم تلفیق شده و اثری واحد به وجود آورده است.

شاهنامه را به سه بخش اساطیری (پیشدادیان) حماسی (کیانیان) و تاریخی (ساسانیان) تقسیم کرده اند. این بخش ها حد فاصل مشخصی ندارند. بلکه وقایع بخش اساطیری آرام آرام رنگ حماسی به خود می گیرند و در بخش تاریخی بعضی از حوادث با افسانه های حماسی می آمیزند. از آنجا که عنصر حماسه را در کلیه بخش های شاهنامه می توان دید، این کتاب را کلا اثری حماسی دانسته اند که اغلب شخصیت های آن اصل و منشاء اسطوره ای دارند و در آن گاه اشارات تاریخی نیز وجود دارد.

دربارۀ جلد دوم

جلد دوم داستان های شاهنامه، قسمت اول از بخش حماسی (کیانیان) را در بردارد و شامل پادشاهی کیقباد و کیکاوس و همچنین مقدمات به پادشاهی رسیدن کیخسرو است. در این دوره که تا مرگ کیکاوس ۲۲۰ سال به درازا می کشد، علاوه بر جنگ های توران و ایران که از زمان فریدون با حسادت و کین توزی سلم و تور نسبت به برادرکوچکشان ایرج، شروع شده بود، جنگ های دیگری نیز در می گیرد. همچنین همراه وگاه به دنبال و به بهانۀ جنگ ها، حوادثی در زندگی پادشاهان و پهلوانان ایرانی رخ می دهد که جالب ترین و معروف ترین آن ها « هفت خان رستم » ، « داستان سیاوش » و « داستان رستم و سهراب » است.

کیانیان که شرح پادشاهی آن ها مهمترین و طولانی ترین و حوادث مربوط به دورهٔ آن ها معروفترین بخش شاهنامه است، سلسله ای نیمه داستانی بودندکه وجود تاریخی داشته اند و هرچند روایاتی که دربارهٔ آن ها وجوددارد، با افسانه های بسیار آمیخته است، اما همین روایت ها از وجود تشکیلات سیاسی منظمی خبر می دهد که در بخش شرقی و شمال شرقی ایران به وجود آمده بود. زمان این پادشاهی را بین ۹۰۰ تا ۷۵۵ پیش از میلاد دانسته اند.

در اوستا از کَوِی ها (در فارسی کِی به معنی پادشاه) به عنوان گروهی از روحانیان یاد شده که پیش ازظهور زردشت در جامعهٔ ایران وجود داشتند و از چندتن از آن ها از جمله کیکاوس نام برده شده که پهلوانی بزرگ و پرهیزگار است و می تواند با کاویه اوشَنَس که در وداها حکیمی فرزانه وهمراه و مددکار خدای جنگ است، یکی باشد. در متن های اوستایی از پسر کیکاوس به نام سیاوش (سیاوه _ اَرشَن : دارندهٔ اسب سیاه) نیز یاد شده که کشته می شود و پسرش کیخسرو انتقام خون او را می گیرد.

شادروان دکتر مهرداد بهار (۱۳۱۰ _ ۱۳۷۳) شخصیت سیاوش و داستان زندگی و مرگ او را برگرفته از اسطوره های اقوامی می داند که پیش از مهاجرت آریایی ها به سرزمین ایران، در آنجا زندگی می کردند و بسیاری از آیین ها و عناصر فرهنگی آن ها با فرهنگ آریایی های مهاجر آمیخته است. به عقیدهٔ او داستان سیاوش با باورها و آیین های مربوط به الههٔ آب و خدای نباتی که در هزارهٔ دوم و اول پیش از میلاد در آسیای غربی (از سند و ماوراء النهر تا مصر و یونان) رایج بوده، منطبق است. بنا بر این باور، اینانا الههٔ آب، پس از آنکه سبب مرگ دِموزی، همسر یا فرزند محبوب خود می شود، با گریستن های بسیار (که تعبیری از باران های بهاری است) او را زنده می کند و سالی نو آغاز می شود. این باور و آیین های مربوط به آن که هر سال در سرزمین وسیعی اجرا می شده، در هر کشوری نامی متفاوت گرفته و در

طول قرن ها تغییراتی در آن به وجود آمده است. در ایران، خدای نباتی به صورت سیاوش پسرکیکاوس درآمده که تولد و به پادشاهی رسیدنِ پسرش کیخسرو، نمودِحیات دوبارهٔ او است.

دکتر مهرداد بهار همچنین داستان یوسف و ماجرای عشق زلیخا را که شباهت بسیاری به داستان سیاوش دارد، با این باور و اسطوره مرتبط می بیند و به چاه انداختن و زندانی شدن وسپس رها شدن و برکت آوردن او را برای مصر، بازمانده ای از اسطورهٔ خدای نباتی و مرگ و حیات مجدد این خدا می داند.*

ماجرای عشق سودابه به سیاوش همچنین به یک داستان یونانی که شرح دلدادگی فِدر همسر تزه (پهلوان و پادشاه آتن) به هیپولیت پسرجوان تزه است، شباهت دارد. اوریپید (۴۰۶-۴۸۵ ؟ م) تراژدی پرداز یونانی و راسین (۱۶۳۹– ۱۶۹۱) شاعر فرانسوی این داستان را به نظم کشیده اند.**

داستان « رستم و سهراب »که درونمایهٔ اصلی آن جنگ ناخواسته و ناآگاهانهٔ پدر و پسر است، نیز نظایری در میان سایر ملت ها دارد. دکترجلال خالقی مطلق (۱۳۱۶-) ضمن پژوهش های خود در میان روایت های گوناگونِ این داستان، سه روایتِ آلمانی، ایرلندی و روسی را بیش از سایر روایت ها به روایت شاهنامه نزدیک یافته و به این نتیجه رسیده است که چون داستان های مربوط به رستم، اصلِ سکایی دارند، این داستان به احتمال زیاد از طریق مهاجرت شاخه ای از اقوام سکایی به نام اسکوت، حدود هفتصد سال پیش از میلاد به کنارهٔ دریای سیاه رفته و به اقوام ساکن آنجا یعنی گوت ها رسیده است. در قرن ششم میلادی با مهاجرت گروهی از اقوام اسلاو به آن نواحی، این روایت کم کم به شکل یک روایت روسی

---

* . « سخنی چند دربارهٔ شاهنامه » در کتاب « جستاری در فرهنگ ایران » صص ۹۳-۱۵۷

** « سیاوش » در کتاب « زندگی و مرگ پهلوانان در شاهنامه » صص ۱۵۶-۱۹۶

در آمده و شخصیت های آن نام روسی گرفته اند. سرانجام آن اقوام، ضمن مهاجرت های خود، آن را به جنوب آلمان و بالاخره به ایرلند برده اند. در این سفر دور و دراز در طول تاریخ و پهنای جغرافیا، این روایت نیز مثل هر روایت دیگری، تغییرهایی یافته است.[*]

منابع :

اسلامی ندوشن، محمدعلی: زندگی و مرگ پهلوانان درشاهنامه، چاپ نهم، تهران، شرکت سهامی انتشار، ۱۳۹۱.

بهار، مهرداد: جُستاری در فرهنگ ایران، ویراست جدید به کوشش ابوالقاسم اسماعیل پور، تهران، نشر اسطوره، ۱۳۸۶.

خالقی مطلق، جلال: گل رنج های کهن (برگزیدۀ مقالات دربارۀ شاهنامۀ فردوسی) به کوشش علی دهباشی، تهران، نشرمرکز، ۱۳۷۲.

ریاحی، محمد امین: فردوسی، تهران، طرح نو، ۱۳۷۵ . (بنیانگذاران فرهنگ امروز، ویژۀ فرهنگ ایران و اسلام)

محجوب، محمد جعفر: آفرینِ فردوسی، تهران، مروارید، ۱۳۷۱.

---

[*] « یکی داستان است پرآب چشم » در کتاب « گل رنج های کهن » صص ۵۳-۹۸

پادشاهی کیقباد

پادشاهی کیقباد صدسال بود. با بر تخت نشستن کیقباد سپاهیان ایران جنگ را آغاز کردند. رستم در همان روزِ نخست از زال نشانی افراسیاب را پرسید. زال به او گفت که افراسیاب درفشی سیاه رنگ دارد و خَفتانی[1] سیاه و لباسی سراپا از آهنِ زَراندود[2] می پوشد، مردی بسیار دلیر است و رستم باید در هنگام جنگیدن با او، سخت مواظبِ خود باشد.

رستم در پاسخ پدر گفت :

« نگران مباش، آفریدگار یار و شمشیر و بازوی من، نگه دار من است. »

و بی درنگ رخش را به سوی میدان جنگ تازاند. افراسیاب با دیدن رستم از نام و نشان او پرسید. به او گفتندکه او پسرِ زال و نوادهٔ سام است:

نبینی که با گرزِ سام آمده ست　　　جوان ست و جویای نام آمده ست

افراسیاب به طرف رستم رفت. رستم نیز، به او نزدیک شد. گرزی را که در دست داشت، در زین اسب فرو بُرد. کمربند افراسیاب را گرفت و او را از روی زین بلند کرد. خواست او را نزد کیقباد ببرد، اما کمربند افراسیاب تاب سنگینی بدن او را نیاورد، پاره شد و او بر زمین افتاد، سواران و یاران افراسیاب گرد او را گرفتند و از میدان بیرون بردند.

---

۱. خَفتان یا خِفتان: لباس رزم که میان رویه و آستر را با چند لایه ابریشم خام یا الیاف دیگر پر می کردند.

۲. زراندود: با لایه ای نازک از طلا یا آب طلا پوشیده شده ؛ مُطَلاّ

جنگ ادامه یافت. تورانیان هزار و صد و شصت تن از دلیران خود را از دست دادند و شکست خورده به دامغان و از آنجا به جیحون بر گشتند.

شکسته سِلیح[۱] و گسسته کمر[۲] — نه بوق و نه کوس و نه پای و نه پر[۳]

پس از آن افراسیاب نزد پدر خود، پَشَنگ رفت و از دلاوری ها و توان رستم و آنچه در رویارویی با او دیده بود، سخن ها گفت:

تو گفتی که ازآهنش کرده اند — زسنگ و ز رویش[۴] برآورده اند[۵]

چه روباه پیشش چه ببرِ بیان[۶] — چه درّنده شیر و چه پیل ژیان

همی تاخت یکسان چو روز شکار — به بازی همی آمدش کارزار ...

تو دانی که دیدن نه چون اگهی ست — میان شنیدن همیشه تهی ست

و جنگ با ایرانیان را با بودن رستم، بی ثمر دانست. و به او گفت که دست از کینه بردارد و با کیقباد آشتی کند.

پشنگ در نامه ای به کیقباد نوشت که کینه ای که از کشته شدن ایرج در دل ایرانیان پدید آمده بود، منوچهر با جنگ های خود پاک کرد و نیازی به جنگیدن ما نیست. من به بخشی که فریدون به تور داد، راضی ام، آن را درست می دانم و دیگر به گذشتن از رود جیحون نمی اندیشم. بهتر است آشتی کنیم.

---

۱. سلیح : سِلاح ؛ ابزار جنگ

۲. کمر : کمربند

۳. پای و پر : قدرت و توانایی

۴. روی : فلزی سفیدرنگ مایل به آبی که در صنعت از آن آلیاژهای مختلف می سازند.

۵. بر آوردن: ساختن ؛ درست کردن

۶ . ببرِ بیان: نام گونه ای ببر افسانه ای که وحشی تر و قوی تر ازشیر بوده.

کیقباد در پاسخ نوشت که ایرانیان هیچگاه در جنگ با تورانیان پیشقدم نبوده اند. نخستین بار این تور بود که ستم کرد و ایرج را کشت و باعث کینه و جنگ میان ایرانیان و تورانیان شد. این بار هم افراسیاب است که از جیحون گذشته و به ایران آمده است، نوذر را کشته و برادرش اغریرت را با ناجوانمردی از میان برده است، با اینهمه، حال که پشنگ از کار بد خود پشیمان شده، صلح را می پذیرد ،

شما را سپردم از آن سوی آب   مگر یابد آرامش افراسیاب

باردیگر رود جیحون مرز دو کشور قرار گرفت و جنگ پایان یافت.

پس از آن کیقباد منشورفرمانروایی زاوُل تا دریای سِند را به نام رستم نوشت و پس از ستایش بسیار از زالِ سالخورده، جامه ای شاهانه و گنجی بسیار گرانبها را به رستم داد تا برای او ببرد. به قارن و کشواد و بَرزین و خُرّاد و پولاد نیز خلعت ها و هدیه های بسیار بخشید. آنگاه به شهرِ اصطَخر در پارس رفت که در آن زمان پایتخت بود. بزرگان را به دادگری و مردم را به دوستی و مهربانی پند داد.

کیقباد در هنگام مرگ از میان چهار پسر خود: کاوس، کی آرش، کی پشین و اَشکس، کیکاوس را به شاهی برگزید و از او خواست که از آزمندی و ستم پرهیز کند .

بگفت این و شد زین جهان فراخ   گزین کرد صندوق[1] بر جای کاخ

---

۱. صندوق : تابوت

پادشاهی کیکاوس

پادشاهی کیکاوس صد و بیست سال بود. هنگامی که کاوس بر تخت پدرش، کیقباد نشست، جهان یکسره به فرمان او درآمد. گنج های گوناگون بسیار، تاج زِبَرجد نگار[۱]، اسبانِ تازی نیرومند و قوی هیکل و مردمی فرمانبردار همه از آنِ او شد و هیچکس را در جهان همتای خود ندید.

روزی کیکاوس در کاخ زرنگار[۲] بر تختی زرین با بزرگان و پهلوانان ایران، به میگساری و گفت و گو نشسته بود، دیوی که خود را به سیمای رامشگری[۳] درآورده بود، به بارگاه او آمد و به پرده دار[۴] گفت که رامشگری خوشنواز است، از مازندران آمده است و می خواهد به پیشگاه کیکاوس برود و در بزم او بربط[۵] بنوازد. پرده دار خواهش او را به کیکاوس رساند. کیکاوس او را پذیرفت.

---

۱. زِبَرجد نگار: دارای آرایه هایی از زبرجد که سنگی است قیمتی به رنگ سبزمایل به زرد

۲. زر نگار: آراسته و زینت یافته به طلا

۳. رامشگر: نوازنده و خواننده

۴. پرده دار: کسی که برای کسانی که می خواهند به دیدار پادشاه بروند، اجازهٔ ورود می گیرد.

۵. بربط : سازی با کاسهٔ طنین گلابی شکل بزرگ و دستهٔ کوتاه که با مضراب نواخته می شود.

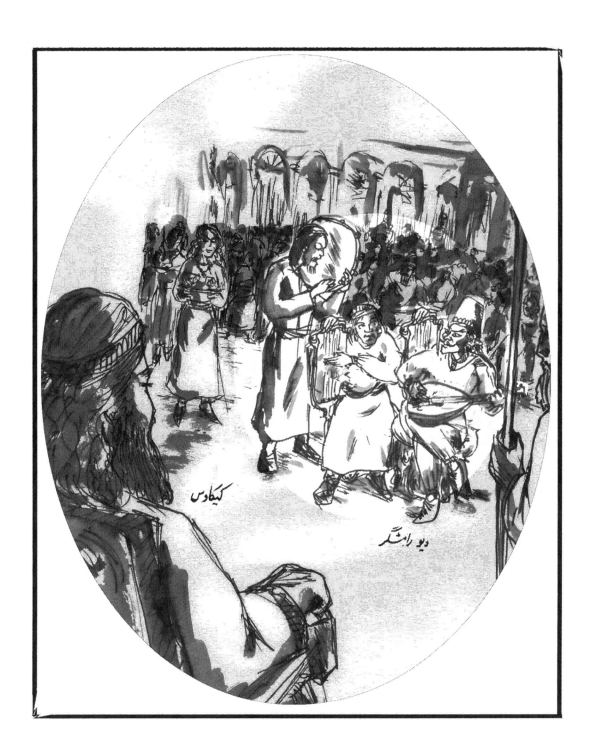

کیکاوس

دیو رامشگر

رامشگر را در کنار رامشگران دیگر نشاندند. او ساز خود را آماده کرد و چنین خواند:

که مازندران شاه را یاد باد — همیشه بر و بومش آباد باد

که در بوستانش همیشه گلست — به کوه اندرش لاله و سنبلست

هوا خوشگوار و زمین پُرنگار — به گرم و به سردش همیشه بهار ...

سراسر همه کشور آراسته — ز دیبا و دینار و از خواسته

کاوس با شنیدن این سرود چنان برانگیخته شد که به فکر افتاد به مازندران لشکر بکشد و آنجا را از آنِ خود کند. رو به سرداران و بزرگان ایران کرد و گفت:

« ما کاهلی پیشه کرده ایم و یکسره خود را به دست بزم سپرده ایم. من از جمشید و ضحاک و کیقباد کامرواترم. بخت با من همراه است و باید توانمندی های خود را نشان بدهم.»

و تصمیم خود را با آن ها در میان گذاشت. هیچیک از بزرگان؛ طوس، گودرز، کشواد، گیو، خُرّاد،گرگین و بهرام، این فکر را درست ندیدند. رنگ از چهره هاشان پرید و در دل غمگین شدند. با اینهمه چون یارای مخالفت با کیکاوس را نداشتند، گفتند که هرچه پادشاه بگوید، فرمان خواهند برد.

پس از آن بزرگان دربار با هم جمع شدند، تا راهی برای بازداشتن کیکاوس از سپاه کشیدن به مازندران بیابند. زیرا می دانستند اگر کیکاوس این سخنان را از سرِ مستی نگفته باشد و در تصمیم خود پابرجا بماند، سرزمین ایران ویران خواهدشد. تا آن روز هیچیک از پادشاهان پیشین، نه جمشید که مرغ و دیو و پری به فرمان او بود، نه فریدون که از دانش و کاردانی بسیار برخورداری داشت، هرگز به مازندران و دست یافتن بر آن نیندیشیده بودند و می دانستند که با جنگیدن نمی توان بلای دیوان را از ایران زمین دور کرد. سرانجام طوس تنها راه چاره را در این دید که کسی را نزد زال بفرستند و از او بخواهند که بی درنگ به آنجا بیاید و

کیکاوس را با پند و اندرز از این کار باز دارد. پیک با شتاب به زاولستان رفت و به زال گفت که کاری شگفت و دشوار پیش آمده که به آسانی نمی توان سرانجامِ آن را پیش بینی کرد؛ کیکاوس با فریب اهریمن از راه راست دور شده و او که گنجی بی رنج به دست آورده، به فکر به دست آوردن مازندران افتاده است و اگر زال اندکی دیر کند، کیکاوس برای جنگ، به سوی مازندران به راه خواهد افتاد و رنجی را که زال و رستم در زمان کیقباد برای نجات ایرانیان کشیدند، بر باد خواهد داد.

زال با شنیدن پیغام بزرگان ایران، دانست که ایران زمین همچون درختی در خزان، رو به نابودی دارد. افسرده و نگران شد و با خود گفت:« کاوس جوان و خود کامه است. دور نیست که پند مرا نپذیرد و مرا آزرده کند، اما اگر این کار را نکنم و به فکر نجات او نباشم، آفریدگار جهان و بزرگان ایران مرا نخواهند بخشید. نزد او خواهم رفت و به او پند خواهم داد و اگر سودی نداد، رستم و سپاهیانش آماده اند. »

زال شبی دراز را با این اندیشه ها گذراند. صبحگاه که خورشید تاج زرینش را آشکار کرد، با گروهی از بزرگان به طرف ایران زمین به راه افتاد.

سرداران ایران به پیشواز زال رفتند و او را به بارگاه کیکاوس بردند. پادشاه زال را در کنارخود بر تخت نشاند و از رنج راه درازی که آمده بود و از رستم و از پهلوانان زاولستان پرسید. زال در پاسخ کیکاوس، پس از ستایش او گفت:

« من روزگاری دراز زیسته ام. تا آنجا که از منوچهر و نوذر و زَو طهماسب و کیقباد به یاد دارم، هیچیک از آنان با آنکه لشکریان و مردان دلاور داشتند، به فکر لشکر کشیدن به مازندران نیفتادند. چرا که آنجا جایگاه دیوان جادوگر است و با هیچ نیرنگی نمی توان برآن

دست یافت. جنگیدن با دیوان شگون ندارد. تو نیز از روی زیاده خواهی، زندگی و گنج را و خون بزرگان ایران را هدر مده و درختی مَکار که نفرین به بار بیاورد.»

کاوس گفت:

« از اندیشه های تو بی نیاز نیستم، اما جلال و شکوه و سپاه و دلاوری من از فریدون و جمشید و منوچهر و کیقباد افزون تر است. وانگهی تنها با شمشیر کشیدن و جنگیدن است که می توان جهانگشایی کرد. من به مازندران خواهم رفت، یا همهٔ دیوان را خواهم کشت یا باج و خراجی سنگین از آن ها خواهم گرفت. بزودی خبر نابودی دیوان را خواهی شنید. تو و رستم در اینجا بمانید و از ایران نگهبانی کنید. اکنون که برای یاری با من همراه نمی شوی، مرا از این کار بازمدار.»

زال گفت :

« تو پادشاهی و ما فرمانبردار و من آنچه باید، به تو گفتم. امیدوارم از کار خود پشیمان نشوی و هیچگاه به یاد پندهای من نیفتی. »

زال کاوس را بدرود کرد و غمگین و دلتنگ از بارگاه بیرون آمد. بزرگان ایران او را بدرقه کردند. زال به زاولستان بازگشت و کیکاوس به طوس و گودرز فرمان داد که برای رفتن به مازندران آماده شوند.

جنگ مازندران

فردای آن روز، کیکاوس ایران را به میلاد سپرد و به او گفت که اگر کار دشواری پیش بیاید، از زال و رستم کمک بخواهد. سپس همراه با سپاهیان و سردارانش به طرف مازندران به راه

افتاد. هنگام غروب به کوه اِسپروز رسید، که سرزمین دیوان بود. شبانگاه با سرداران خود مجلس بزمی آراست و صبح زود به گیو دستور داد تا از میان لشکریان دوهزار تن را برگزینند، به شهر مازندران برود، آنجا را ویران کند، از پیر و جوان، هر که را ببیند، بکشد و در همانجا بماند. گیو به مازندران رفت. آنجا را شهری آباد و ثروتمند دید. آنچنان که کاوس فرمان داده بود، شهر را غارت کرد و از زن و مرد و پیر و جوان کسی را زنده نگذاشت. هنگامی که شاه مازندران از آنچه پیش آمده بود، باخبر شد، دیوی به نام سَنجه را نزد دیو سپید فرستاد و از او برای رویارویی با کاوس و سپاهیانش کمک خواست. دیو سپید پیغام داد که بزودی با سپاهی بزرگ به مازندران خواهد رفت و کاوس را از مازندران خواهد راند.

شب هنگام دیو سپید به صورت ابری سیاه بر سر ایرانیان فرود آمد. چنانکه انگار بر گِردا گِرد آن ها خیمه ای از دود و قیر برپا شده بود. دنیا تیره و تار و چشم ها بی فروغ شد. در پایان شب، کاوس و گروهی از سپاهیان او بینایی خود را از دست دادند و اسیر دیوان شدند. دیو سپید نگهبانی آنان را به دوازده هزار دیو سپرد. سپس آنچه کاوس از گنج و اسباب جنگ داشت، به ارزنگ (ارژنگ) سالار مازندران داد تا آن ها را نزد شاه مازندران ببرد و خبر دهد که پادشاه ایران و بزرگان سپاه او را کور و اسیر کرده، اما هیچکدام را نکشته است و با اندک غذایی آن ها را زنده نگاه داشته تا اندک اندک و به سختی جان بدهند.

آگاه شدن زال از زندانی شدن کیکاوس

کاوس یکی از سپاهیانش را پنهانی به زاولستان فرستاد تا زا ل و رستم را از آنچه گذشته بود، آگاه کند و از آن ها بخواهد تا برای نجات او بیایند.

کنون چشم شد تیره و خیره[1] بخت نگوسار گشته سرِ تاج و تخت
چو از پند های تو یاد آورم همی از جگر سرد باد آورم[2]
نرفتم به گفتار تو هوشمند ز کمّی خِرَد بر من آمد گزند

زال با شنیدن این پیغام هراسان شد. بی آنکه کسی را از آنچه برای کاوس پیش آمده بود، باخبر کند، رستم را نزد خود خواند و از او خواست که بی هیچ درنگ ببر بیان[3] بپوشد، رخش را زین کند و برای رها کردن کاوس شاه و بزرگان ایران زمین روانهٔ مازندران شود.

رستم از دور بودن راه گفت و اینکه گذشتن از آن به تنهایی و بدون سپاه دشوار است. زال در پاسخ او گفت که از ایران تا مازندران دو راه است. یکی راهی طولانی که کیکاوس از آن رفت و دیگر راهی کوتاه اما پرخطر که چهارده روز به درازا می کشد و بهتر است رستم از آن راهِ کوتاه برود. هرچند به ناچار با دیو و شیر و تاریکی روبه رو خواهد شد، اما به یاری پروردگار از آن خواهد گذشت. رستم در پاسخ پدر گفت که هرچند کسی تا از جان خود سیر نشده باشد، با پای خود به دوزخ نمی رود، برای رفتن آماده است و به یاری پروردگار، از دیوان مازندران هیچیک را زنده نخواهد گذاشت.

زال و رودابه رستم را درآغوش گرفتند و با او بدرود کردند.

هفت خان رستم

رستم سوار بر رخش، شب و روز به سوی مازندران تاخت و راه دو روزه را یک روزه پشت سرگذاشت تا به دشتی پر از گورخر رسید. گرسنه بود. رخش را به طرف گورخری تازاند. بزودی گورخر از دویدن خسته شد. رستم کمند انداخت و آن را گرفت. تلی از خار و خاشاک

۱. خیره: تاریک
۲. سردباد از جگر آوردن: از سر اندوه و تاسف آه کشیدن
۳. ببر بیان : خفتانی از پوست ببرکه رستم می پوشید.

گرد آورد و با جرقه ای از پیکانِ[1] تیرِخود آن را آتش زد و گورخر را که کشته و پوست کنده بود، بر آن بریان کرد.

بخورد و بینداخت زو استخوان   همین بود دیگ و همین بود خوان[2]

آنگاه لِگام[3] از سر رخش برداشت، او را در سبزه زارِ پرگیاه رها کرد و خود در نیزاری که در آنجا بود خوابید.

خان اول

کمی بعد شیر درنده ای که در آن نیزار منزل داشت به آنجا آمد. رستم را که در کُنامِ[4] او خوابیده بود و رخش را که درآن نزدیکی می چرید، دید، به طرف رخش رفت و به او حمله کرد. رخش همچون آتش از جا جهید، با دست های نیرومند خود بر سر شیر کوبید، دندان های خود را در پشت او فرو بُرد و آنقدر شیر را بر زمین کوبید تا از پای در آمد. هنگامی که رستم بیدار شد و دید که شیری زخمی و بی جان درآنجا افتاده، دانست که رخش با شیر جنگیده و آن را کشته است، رخش را به خاطر جنگیدنش با شیر سرزنش کرد و به او گفت:

« اگر شیر پیروز می شد و ترا می کشت، چگونه می توانستم گرز سنگین و کمند و تیر و کمان خود را پیاده تا مازندران بکشم. اگر مرا از خواب بیدار می کردی، نیازی نبود که تو با شیر بجنگی. »

---

۱. پیکان : نوک تیز و فلزی نیزه و تیر

۲. خوان : سفره

۳. لگام : افسار

۴. کُنام : لانه و جایگاه حیوانات و پرندگان

خان دوم

صبح فردا همینکه خورشید از قلهٔ کوه سر زد، رستم از خواب برخاست. رخش را زین کرد، نام آفریدگار را بر زبان آورد و به طرف مازندران روانه شد. هوا بسیار گرم بود. پای رخش و زبان رستم از خستگی و تشنگی مجروح شده بود. رستم ناچار از رخش پیاده شد. زوبین[۱] به دست، با دشواری بسیار به راه افتاد و از پروردگار خواست که او را برای رسیدن به مازندران و رهاندن کاوس شاه و ایرانیان یاری دهد. سر انجام توان خود را از دست داد و با زبانی که از تشنگی چاک چاک شده بود، برزمین افتاد. در این هنگام قوچی از کنار رستم گذشت. رستم با خود گفت که این قوچ می باید در این نزدیکی آبشخوری[۲] داشته باشد و چه بسا آفریدگار آن را فرستاده است تا چشمه ای را به او نشان دهد. پس به شمشیر خود تکیه داد، نام پروردگار را بر زبان آورد، از جا برخاست. افسار رخش را گرفت و به دنبال قوچ به راه افتاد. قوچ بزودی به چشمهٔ آبی رسید. رستم نخست رو به سوی آسمان، آفریدگار را سپاس گفت. سپس قوچ را دعا کرد:

کُنامِ در و دشت تو سبز باد — مبادا ز تو بر دلِ یوز[۳] یاد
ترا هرکه یازد[۴] به تیر و کمان — شکسته کمان باد و تیره گُمان
که زنده شد از تو گوِ[۵] پیلتن[۶] — وگرنه پر اندیشه بود از کفن
که در سینهٔ اژدهای بزرگ — نگنجد ، بماند به چنگال گرگ

---

۱. زوبین : نوعی نیزهٔ کوچک با سر دو شاخه و نوک تیز
۲. آبشخور ؛ آبخور : جایی از رودخانه که بتوان از آن آب برداشت یا نوشید.
۳. یوز: یوزپلنگ
۴. یازیدن: حمله کردن
۵. گو: پهلوان
۶. پیلتن: تنومند ؛ لقب رستم

زین را از پشت رخش برداشت و او را در چشمه شست و شو داد. گورخری شکار کرد. پوست آن را کند و شست، بر آتش کباب کرد و خورد، از آب چشمه نوشید و پیش از آنکه بخوابد به رخش گفت که اگر دشمنی پیدا شد با او نجنگد و او را بیدار کند.

بخفت و برآسود و نگشاد لب   چمان[1] و چران[2] رخش تا نیمه شب

خان سوم

نیمه های شب اژدهایی به نزدیکی چشمه آمد. هنگامی که رستم و رخش را دید، شگفت زده شد. چرا که هیچ دیو و پیل و شیری یارای نزدیک شدن به جایگاه او را نداشت. اژدها به رخش حمله کرد. رخش همچنانکه رستم گوشزد کرده بود، به طرف او دوید. رستم بیدار شد، اما اژدها خود را در تاریکی پنهان کرد. رستم بر گرداگرد دشت نگاه کرد و چون کسی را ندید، به رخش پرخاش کرد که او را بیهوده بیدار کرده است. اما همینکه رستم خوابید، اژدها از تاریکی بیرون آمد. رخش بار دیگر به بالین رستم رفت، سُم بر زمین کوبید و رستم را بیدارکرد، اما این بار هم اژدها پنهان شد. رستم خشمگین به رخش گفت که اگر یکبار دیگر او را بیهوده بیدار کند، با شمشیر پی پای او را خواهد برید تا از حرکت باز بماند. و با آن گرز سنگین و ابزار جنگی که دارد، پیاده خود را به مازندران خواهد رساند. رستم بار دیگر چشم بر هم گذاشت. اژدها غرش کنان از تاریکی بیرون آمد. رخش که هم از اژدها و هم از خشم رستم بیمناک بود، از چراگاه دور شد. اما همچنان نگران رستم بود. سرانجام با شتاب پیش او

---

۱. چمان: از مصدر چمیدن در حال گام زدن و حرکت کردن

۲. چران: در حال چریدن

برگشت و آنقدر شیهه کشید و پا بر زمین کوفت تا او بیدارشد. این بار آفریدگار یاری کرد و اژدها از چشم رستم پنهان نماند. رستم او را در تاریکی دید. شمشیر از کمر کشید و همچون ابر بهاری غرید:

بدان اژدها گفت : برگوی نام — کزین پس نیابی تو گیتی به کام
نباید که بی نام بر دستِ من — روانت بر آید ز تاریک تن

اژدها گفت:

« هیچکس از دست من رهایی نخواهد یافت. سرتاسر این دشت و آسمانِ آن، از آنِ من است. ستاره توان دیدن این دشت و عقاب یارای پریدن در این آسمان را ندارد.»

و از رستم نام او را پرسید.

چنین داد پاسخ که من رستمم — ز دستان[1] و از سام[2] و از نیرَمم[3]

اژدها به رستم حمله کرد. رخش که زور و توان اژدها را دید، به یاری رستم آمد و با دندان شانه های اژدها را درید. رستم شگفت زده از یاریِ رخش، شمشیرکشید و سر اژدها را از تن جدا کرد. پیکر عظیم اژدها زمین را پوشاند و رودخانه ای از زهر و خون جاری شد. رستم آفریدگار را به سببِ هوش و نیرویی که به او بخشیده، سپاس گفت و در آب چشمه، خون اژدها را از سر و تن خود شست. سپس رخش را آماده کرد، سوار شد و به طرف سرزمین جادوگران به راه افتاد.

---

۱. دستان: لقبِ زال پدر رستم
۲. سام: پدر زال
۳. نیرَم: نریمان : پدرِ سام

اژدها
رخش
رستم

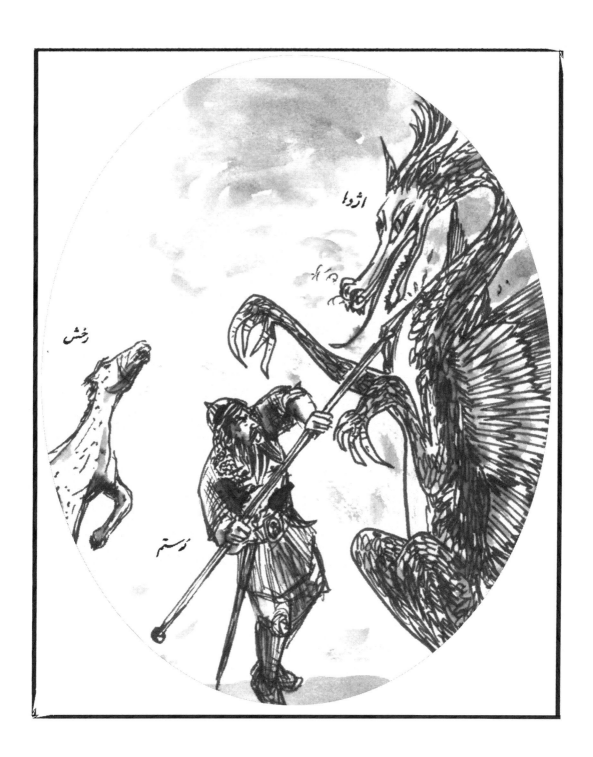

خان چهارم

رستم همچنان اسب راند. بعد از ظهر به جایی سرسبز و پر آب و درخت رسید. در کنار چشمه ای که از زلالی همچون چشم تَذَرو[1] بود، سفره ای گسترده دید که برآن جامی زرین، لبریز از شراب و مرغی بریان و خوردنی های بسیار چیده بودند. سفره از آنِ زن جادوگری بود که با آمدن رستم، ناپدید شده بود. رستم از اسب پیاده شد. زینِ رخش را برداشت و در کنار سفره نشست. در کنار جام شراب، چشمش به طنبوری[2] افتاد. آن را برداشت و از سرِ دلتنگی همراه با نوای طنبور خواند:

که آواره و بد نشان[3] رستم است — که از روز شادیش بهره کم است
همه جای جنگست میدان اوی — بیابان و کوهست بُستان اوی
همه رزم با شیر و با اژدها — ز دیو و بیابان نیابد رها
می و جام و بویا گل و میگسار[4] — نکردست بخشش وُرا[5] کردگار

زن جادوگر همینکه صدای طنبور و آواز رستم را شنید، خود را آراست و نزد رستم آمد و در کنار او نشست. رستم از اینکه در دشت مازندران هم به می و هم به میگسار دست یافته است، پروردگار را سپاس گفت. پیاله ای از شراب پرکرد. نام خدا را بر زبان آورد و به دست زن داد. با شنیدن نام خدا ناگهان چهرۀ زن سیاه شد. رستم دانست که زن، جادوگر است و تاب شنیدن نام خدا و ستایش او را ندارد. کمند به گردن او انداخت. زن یکباره به چهرۀ نخستین خود برگشت.

---

۱. تذرو : قرقاول

۲. طنبور: سازی زهی به طول تقریبی ۸۰ سانتیمتر باکاسۀ گلابی شکل کوچک و چهارسیم که با انگشتان نواخته میشود .

۳. بد نشان: بد اقبال

۴. میگسار: ساقی

۵. وُرا: او را

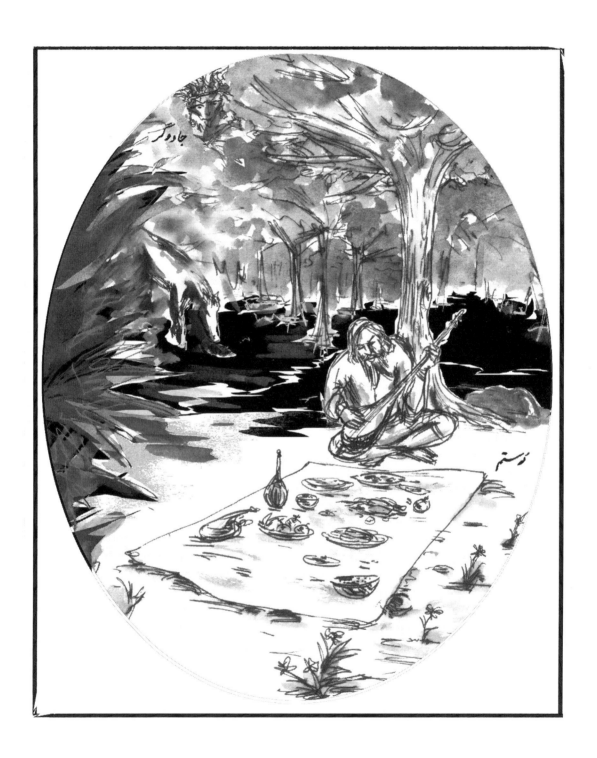

جادوگر

رستم

یکی گنده پیری[1] شد اندر کمند   پر از رنگ و نیرنگ و بند[2] و گزند
میانش به خنجر به دو نیم کرد   دلِ جادوان[3] زو پر از بیم کرد

خان پنجم

رستم پس از کشتن زن جادوگر بار دیگر بر رخش سوار شد و رو به راه گذاشت. همچنان که می رفت، به جایی رسید که یکسره تاریک و همه جا همچون شبی بی ماه و ستاره بود. پنداری خورشید در جایی زندانی است و ستاره در کمندی گرفتار است. رستم از دیدن و بازشناختنِ پستی و بلندی ها ناتوان بود. ناچارعنان رخش را رها کرد تا او هرجا که می تواند برود. رخش و رستم زمانی دراز در تاریکی پیش رفتند تا سرانجام به روشنایی رسیدند.

رستم در برابر خود دشتی پر آب و سرشار از گندم های تازه رُسته دید که همچون پرنیان در برابر او گسترده بود. از اسب پیاده شد. کلاهخود را از سر برداشت. ببرِ بیان را که از عرق خیس بود، بیرون آورد و در آفتاب گذاشت تا خشک شود. لگام رخش را باز کرد تا در کشتزار چَرا کند. خسته بود، کلاهخود و ببرِ بیان را که خشک شده بود، پوشید و روی سبزه ها خوابید. دشتبان[4] هنگامی که اسب را در میان کشتزار دید، دوان دوان به جایی که رستم خوابیده بود، آمد. با چوبی محکم به پای او زد و از اینکه رستم اسب خود را در کشتزار رها کرده، به او پرخاش کرد.

---

۱. گَنده پیر: زن بسیار فرتوت
۲. بند: نیرنگ و افسون
۳. جادوان: جمع جادو: موجودی فرا انسانی که دارای توانمندی های غیر معمول است ؛ دیو ؛ موجود پیرو اهریمن
۴. دشتبان: نگهبان کشتزار

ز گفتار او تیز شد[1] مردِ هوش[2] بجَست و گرفتش یکایک[3] دو گوش

بیفشارد و بر کند هر دو ز بُن نگفت از بد و نیک با او سَخُن

و بار دیگر خوابید. دشتبان شگفت زده و حیران گوش های خونین خود را در دست گرفت و فریادزنان نزد مردی جوان که اولاد نام داشت و درآن سامان به دلاوری معروف بود، رفت و آنچه را بر او گذشته بود، بازگو کرد. اولاد که با چند تن از مردان خود برای شکار بیرون آمده بودند، با شنیدن سخنان دشتبان به جایی که او نشانی داده بود، تاختند. رستم با شنیدن سر و صدای آن ها از جا برخاست. رخش را سوار شد و شمشیرش را از نیام بیرون کشید. اولاد هنگامی که به نزدیکی رستم رسید، نام و نشان او را پرسید.

چنین گفت رستم که نام من ابر اگر ابر کوشد به جنگ هِزَبر[4]،

همه نیزه و تیغ بار آوَرَد سران را سر اندر کنار آورد

به گوش تو گر نام من بگذرد دَمِ[5] جان و خون دلت بِفسُرَد[6]

به گوش تو نامد به هیچ انجمن کمند و کمانِ گوِ پیلتن ؟

آنگاه با شمشیری که همچون نهنگ بلا بود، به گروه همراهانِ اولاد یورش برد و با یک ضربه سرِ دو تن از آن ها را قطع کرد. بسیاری از آن ها را کشت. بسیاری نیز در کوه پراکنده شدند. رستم به طرف اولاد تاخت و هنگامی که به او نزدیک شد، کمند انداخت، اولاد را از اسب پایین کشید، دست هایش را بست و از او خواست تا جایگاه کولادِ غَندی و بید و دیو سپید و نیز

---

۱. تیز شدن: خشمگین و عصبانی شدن

۲. مردِ هوش: مرد هوشیار

۳. یکایک: بی درنگ

۴. هِزَبر: شیر

۵. دم:حرارت، گرما

۶. فِسردَن: منجمد شدن ؛ خشکیدن

جایی را که کیکاوس در آنجا زندانی بود، به او نشان دهد. سپس با اولاد پیمان بست که اگر در این کار درستی نشان دهد و راست بگوید، او را نخواهد کشت و پس از آنکه شاه مازندران را شکست داد، پادشاهی آنجا را به او خواهد بخشید.

اولاد گفت که از آنجا تا جایی که کاوس شاه زندانی است، صد فرسنگ راه و ازآنجا تا جایگاه دیو سپید راهی بسیار دشوار است. در میان دو کوه، در درّه ای هولناک، غاری چاه مانند است که دوازده هزار دیو جنگی، همچون بید و سنجه و کولاد غَندی آن را پاسداری می کنند. جایگاه دیو سپید که هیکلی همچون کوه و قد و بالایی بی نهایت بلند دارد، آنجاست. پس از آن سنگلاخی است که دیوی نگهبان آن است. پس از آن رودی به پهنای دو فرسنگ است. بعد به سرزمین های سگسار و نرم پای و بَرگوش خواهد رسید. از آنجا تا جایگاه شاه مازندران نیز راهی بسیار دراز در پیش است. در آن سرزمین بیش از ششصد هزار سوار و هزار و دویست پیل جنگی وجود دارند که رستم به تنهایی توان روبرو شدن با آن ها را نخواهد داشت و اگر آهن هم باشد، سوهانِ اهریمنی دیوان او را خواهد سایید و نابود خواهد کرد. رستم به سخنان او خندید و گفت:

« هنگامی که با من همراه شوی، خواهی دید که از آن تنِ تنها به آن گروه چه ها خواهد رسید؛ همگی آن ها همین که مرا و ضربهٔ گرز مرا ببینند، از ترس پوستشان خواهد ترکید، رو درگریز می گذارند و چنان سراسیمه و شتابزده بر اسب هایشان سوار می شوند که عنان اسب را از رکاب آن باز نمی شناسند.»

و از اولاد خواست که هرچه زودتر او را به جایگاه کیکاوس راهنمایی کند.

خان ششم

رستم همراه با اولاد شب و روز اسب راند تا به کوهِ اسپروز رسید؛ جایی که کاوس اسیر دیوان جادوگر شده بود. نیمه شب سرو صدا و غوغایی از دشت مازندران بلند شد و شعله های آتش و نور شمع ها، شب را روشن کرد. رستم از اولاد سبب سرو صداها و روشنایی ها را پرسید. اولاد گفت که دیوها نیمِ بیشتر شب را بیدارند و آن سرو صداها از دروازهٔ شهر مازندران و از جایگاه ارزنگ دیو است.

بامداد فردا هنگامی که خورشید سر زد، رستم اولاد را با کمندی محکم به درختی بست. گرزِ نیای خود سام را روی زین رخش گذاشت. کلاهخود شاهانه بر سر و ببرِ بیان بر تن، رخش را به طرف جایگاه ارزنگ دیو راند. هنگامی که به آنجا رسید، نعره ای آنچنان بلند کشید که دریا و کوه از هم درید. ارزنگ دیو هراسان ازخیمه بیرون آمد. رستم همچون برق به طرف او تاخت. سر و گوش و یال ارزنگ دیو را گرفت، سر او را برید و آن را به طرف لشکریانش پرتاب کرد. دیوان که چنین دیدند، وحشتزده گریختند. رستم تا هنگام ظهر بسیاری ازآن ها را کشت. سپس نزد اولاد برگشت. او را از درخت باز کرد و راه شهری را که کاوس شاه در آنجا بود، پرسید. رستم سوار بر اسب و اولاد پیاده در پیشاپیش او رو به راه گذاشتند. همین که به شهر رسیدند، رخش از شادی شیهه ای کشید. کاوس شیههٔ رخش را شناخت.

به ایرانیان گفت پس شهریار — که بر ما سر آمد بدِ روزگار

خروشیدن رخشم آمد به گوش — روان و دلم تازه شد زین خروش

رستم نزد کاوس رفت. کاوس او را در آغوش کشید و از رنج راه و از زال پرسید. ایرانیان نیزگرد او جمع شدند و شادمانی ها کردند. کاوس به رستم گفت که پیش از آنکه دیو سپید از کشته شدن ارزنگ دیو باخبر شود، برای کشتن او روانه شود و جگر او را بیاورد تا آنگونه که

پزشک گفته است، با چکاندن خون آن در چشم های کاوس و دیگران، نا بینایی شان درمان شود. رستم بی درنگ همراه با اولاد به سوی جایگاه دیو سپید روانه شد.

جنگ رستم با دیو سپید *

رستم سوار بر رخش به کوه های هفتگانه رسید و به آن غار بی انتها که جایگاه دیو سپید بود و دیوان بسیاری آن را نگهبانی می کردند، نزدیک شد، به اولاد گفت:

« تاکنون هر چه از تو پرسیده ام، از روی راستی و درستی پاسخ داده ای. در این آخرین منزل نیز مرا راهنمایی کن.»

اولاد گفت:

« با بالا آمدن آفتاب و گرم شدن هوا دیوان به خواب می روند. از آن پس تنها دیوهای نگهبان بیدارند. بایستی کمی صبر کنی. »

هنگامی که آفتاب بالا آمد، رستم دست و پای اولاد را با کمند بست. آنگاه خنجری در دست گرفت و پیش رفت. نعره ای کشید و به دیوهای نگهبان نزدیک شد. گروهی از آن ها را کشت. دیوانِ دیگر از بیم با او نجنگیدند. رستم با بیم و امیدِ بسیار وارد غار که همچون دوزخ، ژرف و تاریک بود، شد. در آن تاریکی دیو را نمی توانست ببیند. زمانی شمشیر در دست ایستاد و چشمانش را مالید؛ سرانجام دیو را دید که با هیکلی تنومند و سیاه همچون شَبَه[1] و موهایی به سفیدی برف، همچون کوهی به طرف او می آید. بیمی در دل رستم افتاد. با اینهمه شمشیر کشید و یک پای دیو را با یک ضربه انداخت. با اینهمه دیو با او گلاویزشد. زمانی دراز با هم جنگیدند.

---

* . در بعضی از چاپ های شاهنامه ، از جمله چاپ انتخابی برای این برگردان، خان هفتم ، عنوان مستقل دارد.

۱. شَبَه : سنگی سیاه رنگ و براق

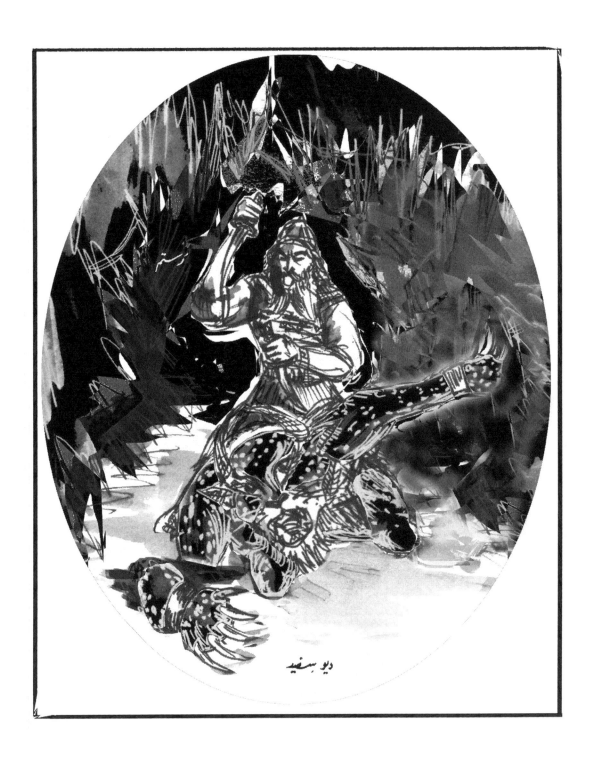

دیو سفید

همی پوست کند این از آن، آن از این | همه گلِ شد از خون سراسر زمین
به دل گفت رستم : گر امروز جان | بماند به من ، زنده ام جاودان
همیدون[1] به دل گفت دیو سپید | که از جان شیرین شدم نا امید

رستم در آخرین تلاش، دست پیش برد. دیو را بلند کرد، بالای سر خود برد و به زمین زد. با خنجر شکمش را درید و جگر او را بیرون کشید. تنِ بی جان دیو تمامی غار را پر کرد و دریایی از خون همه جا را گرفت. رستم از غار بیرون آمد. کمند را از تن اولاد باز کرد. جگر دیو سپید را به او داد و با هم پیش کاوس برگشتند. در راه اولاد به رستم گفت:
« می دانم که تو جوانمردی و پیمانی را که بسته ای، نمی شکنی. اما می خواهم یک بار دیگر نویدِ انجام دادن وعده ای را که به من داده ای، از تو بشنوم.»
رستم در پاسخ او گفت که هنوز کاری بزرگ و دشوار در پیش دارد و آن بر انداختن شاه مازندران است. برای این کار باید با دیوان و جادوگران بسیاری رو در رو شود و آن ها را از میان بردارد. پس از آن پیمانی را که با اولاد بسته است، به جا خواهد آورد و فرمانروایی مازندران را به او خواهد داد، مگر اینکه بمیرد و در دل خاک جا بگیرد.

خون جگر دیو سپید را در چشمان کاوس و سرداران او چکاندند. همگی بینایی خود را بازیافتند. رستم و کاوس و دیگر پهلوانان ایران یک هفته به بزم نشستند. پس از آن کاوس گفت اکنون که شاه مازندران سزای کار بد خود را دیده است، نامه ای به او می نویسیم و از او می خواهیم که به اینجا بیاید و به ما خراج بدهد وگرنه او نیز همچون ارزنگ دیو و دیو سپید کشته خواهد شد.

---

۱. همیدون: همچنانکه

نامه کیکاوس به شاه مازندران

کیکاوس در نامه ای به شاه مازندران، پس از ستایش آفریدگار دادگر و تحسین نیک کرداری و دادگری در کار پادشاهی، نوشت که می تواند همچنان پادشاه مازندران بماند، اما چون توانِ رویارویی با رستم را نخواهد داشت، بهتر است به بارگاه کاوس بیاید و بپذیرد که از این پس به او خراج بپردازد. کاوس نامه را به فرهاد که از مردان سپاه بود داد، تا آن را به شاه مازندران برساند. شاه مازندران چند تن از مردان خود را به پیشواز فرهاد فرستاد و به آن ها گفت که زور بازو و توان خود را به او نشان دهند. آن ها با چهره هایی عبوس و ابروان درهم کشیده با فرهاد روبرو شدند. یکی از آن ها پیش رفت و برای نشان دادن زور و برتری خود، دست فرهاد را در دست گرفت و به سختی فشرد. اما فرهاد تاب آورد و نشانی از درد بر چهرهٔ او آشکار نشد. پس از آن نامه را نزد شاه مازندران برد.

شاه مازندران همینکه نامه را خواند و از کشته شدن ارزنگ دیو و دیو سپید و دیوهای دیگر آگاه شد، با خود گفت که از این پس جهان به سبب وجود رستم روی آرامش نخواهد دید. و با خشم به کاوس پیغام داد که:

« پایگاه من از تو برتر است، بیش از هزاران هزار سپاهی دارم، آن ها را به جنگ تو می آورم و ایران را آنچنان ویران خواهم کرد که پستی و بلندی های آن با هم یکسان شوند. »

فرهاد با پاسخ نامه نزد کاوس برگشت و آنچه را دیده و شنیده بود، بازگوکرد. رستم از کاوس خواست که نامهٔ دیگری به شاه بنویسد تا او خود نزد شاه مازندران ببرد و به این ننگ پایان دهد.

کیکاوس این بار در نامهٔ خود به شاه مازندران هشدار داد که از این افزون خواهی دست بردارد و به فرمان او در آید،

وگرنه به جنگ تو لشکر کشم | ز دریا به دریا سپه برکشم
روانِ بد اندیشِ دیو سپید | دهد کرکسان را به مغزت نُوید[1]

هنگامی که رستم نامه را به مازندران برد، پادشاه مازندران چند تن از دیوان را به پیشواز او فرستاد. رستم همینکه آن ها را از دور دید، درختی پرشاخ و برگ را که در سر راه بود، به آسانی از جا کَند و آن را همچون نیزه بر سرِ دست گرفت و پیش رفت و هنگامی که به آن ها رسید، آن را بر زمین انداخت. دیوان شگفت زده بر جای ماندند. سرانجام یکی از آن ها پیش آمد و دست رستم را برای زورآزمایی فشرد. رستم خندید و به نوبهٔ خود دست او را آنچنان فشرد که از اسب به زیر افتاد و دوان دوان خود را به شاه مازندران رساند و آنچه را از رستم دیده بود، به او گفت. شاه مازندران سواری از سپاه خود را که کَلاهور نام داشت، و در جنگاوری بی همتا بود، نزد رستم فرستاد تا زور خود را به او نشان دهد. کَلاهور به طرف رستم رفت، دست او را در دست گرفت و با تمام توان خود فشرد. دست رستم از فشار و درد کبود شد، اما کَلاهور در چهرهٔ او نشانه ای از درد ندید. هنگامی که رستم دست کَلاهور را در پنجه های خودگرفت و فشارداد، ناخن های کلاهور همچون برگ درخت فرو ریخت. کَلاهور نالان نزد شاه مازندران برگشت و به او گفت بهتر است با ایرانیان آشتی کند و دادنِ خراج را بپذیرد و مازندران را به رنجِ جنگ نیندازد.

۱. نُوید، نَوید: وعدهٔ خوش

شاه مازندران رستم را به گرمی پذیرفت و در جایگاهی شایسته نشاند. اما همینکه نامهٔ کیکاوس را خواند، چهره درهم کشید و به کیکاوس پیغام فرستاد که همچنانکه کیکاوس، پادشاه ایران است، او نیز پادشاه مازندران است. نه به دیدار او خواهد رفت و نه به او خراج خواهد داد. بهتر است کاوس به ایران برگردد وگرنه با او خواهد جنگید.

رستم که شاه مازندران و سپاهیان و پهلوانانِ او را دیده و سنجیده بود، در جنگیدن با او مصمم تر شد. هدیه هایی را که شاه مازندران به او داد، نپذیرفت، نزد کیکاوس برگشت و به او گفت که از هیچ چیز بیم نداشته باشد و برای جنگ با دیوان آماده شود.

جنگ شاه مازندران با کاوس

شاه مازندران سپاهیان را از شهر به صحرا کشید. کاوس نیز به رستم و دیگر سرداران؛ طوس، گودرزِ کَشوادکان، گیو و گرگین، دستور داد تا سپاهیان را آماده کنند و به دشت مازندران بروند. کیکاوس سمت راست لشکر را به طوس و سمت چپ را به گودرز سپرد و خود در میانهٔ سپاه قرارگرفت. رستم در پیشاپیش سپاه اسب می راند. هردو لشکر با هم روبرو شدند. نخست از میان سپاه مازندران جنگجویی که جویان (جویا ؛ جوبان) نام داشت، به طرف سپاه ایران راند و نعره زد:

« چه کسی توان جنگیدن با مرا دارد؟»

هیچیک از ایرانیان پیش نرفت و پاسخ نداد. کاوس شاه آن ها را از اینکه ترسیده و درمانده شده بودند، سرزنش کرد. رستم اسب خود را به طرف کاوس راند و به او گفت اگر اجازه دهد، پاسخِ جویان را خواهد داد.

بر انگیخت رخش دلاور ز جای   به چنگ اندرون نیزهٔ جان رُبای

به آوَردگه [1] رفت چون پیلِ مست   یکی پیل زیر، اژدهایی به دست [2]

و فریاد زد:

« وقت آن است که آنکه ترا به دنیا آورد، بر تو گریه کند. »

جویان در پاسخ گفت :

« تو از جویان و خنجر برندهٔ او رهایی نخواهی داشت. بزودی دل مادرت به درد خواهد آمد و بر تو و بر ابزار جنگ تو زاری خواهد کرد .»

رستم با شنیدن این سخنان، همچون شیر ژیان [3] نعره ای کشید، جویان را دنبال کرد و با نیزه بر کمرگاه او زد. بندِ زرهِ جویان پاره شد و نیزه در کمرگاه او فرو رفت. رستم او را همچون مرغی که بابزَن [4] از آن بگذرانند، از روی زین برداشت و بر زمین انداخت. سران سپاهِ مازندران ترسیده و شگفت زده برجای ماندند. شاه مازندران فرمان حمله داد و جنگی سخت درگرفت. ناگهان هوا از بسیاری نیزه و درفش، سرخ وسیاه و بنفش شد، زمین به شکل دریایی از قیر با امواجی ازخنجر و گرز و تیر درآمد. اسبان تیزرو مانند کشتی هایی که رو به غرق شدن دارند، نا استوار و بی قرار به هرسو می دویدند. گرزها همچون برگ های بید که از باد پاییزی فرو می ریزند، پیاپی بر کلاهخودها فرود می آمدند.

---

۱. آَوردگه، آَوردگاه: میدان جنگ

۲. منظور از پیل، رخش و از اژدها نیزه ای است که رستم در دست دارد.

۳. ژیان: خشمگین

۴. بابزن: سیخ کباب

جنگ یک هفته بدین گونه ادامه یافت. روز هشتم، کاوس شاه تاج پادشاهی از سر برداشت. به درگاه آفریدگار رو آورد و از او درخواست کرد که او را بر دیوان پیروز کند. سپس کلاهخود بر سر گذاشت و به میدان جنگ برگشت.

آن روز هردو سپاه از برآمدن آفتاب تا هنگام غروب جنگیدند. سرانجام رستم به طرف شاه مازندران تاخت. نیزه ای بر کمربند او زد و او را از پشتِ اسب برداشت. همینکه نیزۀ رستم بر تن شاه مازندران فرو رفت، تبدیل به پاره سنگی بزرگ شد. رستم شگفت زده بر جای ماند. کیکاوس و دیگران که از درنگ رستم کنجکاو شده بودند، نزدیک او آمدند تا سبب آن را بدانند. رستم گفت:

« گمانم چنان بود کز دلش خون　　کنون آید از کوهۀ[1] زین برون

برین گونه خارا یکی کوه گشت　　ز جنگ و ز مَردی بی اندوه گشت »

هیچ یک ازسپاهیان نتوانستند سنگ را از جا تکان بدهند. رستم آن را بر شانه گذاشت و پیاده تا جلو سراپردۀ کیکاوس برد و آنجا بر زمین انداخت و رو به سنگ گفت که دست از آن حیلۀ جادوگرانه بردارد، وگرنه با تبر او را درهم خواهد شکست. سنگ به شکل پاره ابری در آمد که کلاهخودی بر سر و لباسی از آهن بر تن داشت. رستم دست او را گرفت و نزد کاوس برد. کاوس نگاهی به او کرد. دانست که شایستۀ پادشاهی نیست. دستور داد تا دُژخیم[2] آن پاره ابر را تکه تکه کند.

---

۱. کوهه :بلندی پس و پیش زین اسب

۲. دُژخیم: جلاد

کیکاوس یک هفته به نیایش پروردگار و یک هفته به بخش کردن گنج های خود در میان نیازمندان پرداخت. هفتهٔ سوم را با سرداران خود به بزم و میگساری گذراند. پس از آن رستم با کیکاوس از پیمانی سخن گفت که پیش از آن با اولاد بسته بود، کیکاوس پادشاهی مازندران را با هدیه های بسیار به اولاد بخشید. سپس همگی به طرف ایران روانه شدند.

هنگامی که به ایران رسیدند، کیکاوس هدیه های گرانبهای بسیار به رستم بخشید و یکبار دیگر فرمان حکمرانی او را بر زاولستان نوشت، به گونه ای که پس از کیکاوس نیز حکمران آن سرزمین باشد. رستم در میان جشن و شادمانی مردم به زاول برگشت.

بشد[1] رستم زال و بنشست شاه جهان کرد روشن به آیین و راه
بزد گردنِ غم به شمشیرِ داد نیامد همی بر دل از مرگ یاد

۱. شدن: رفتن

داستان جنگ هاماوران

پس از چندی کاوس با سپاهیان بسیار به توران و چین و از آنجا به مُکران سفر کرد. در هیچ یک از این سرزمین ها هیچ مقاومتی پیش نیامد و سران این کشورها چون یارای جنگیدن با او را نداشتند، به آسانی پرداختن خراج را پذیرفتند. اما وقتی از دریا گذشت و به بربرستان رسید، پادشاه آنجا به پرداختن خراج تن نداد و سپاهی بزرگ را به جنگ او فرستاد. در این جنگ پادشاه بربرستان شکست خورد و پس از پوزش خواهی از کاوس، خراج را پذیرفت. کاوس پس از آن به سوی کوه قاف و باختر[1] رفت. بزرگان این سرزمین ها نیز به پیشواز او آمدند و بی هیچ جنگ و درگیری خراج را پذیرفتند. سر انجام کاوس برای دیدار رستم به زاولستان رفت و یک ماه در آنجا به میگساری و شکار سرگرم شد.

بزودی خبر رسید که پادشاه هاماوَران[2] که از تازیان بود، پرچم پادشاهی برافراشته و از فرمان سرپیچی کرده است. کاوس بی درنگ با سپاهی بزرگ از زاولستان بیرون آمد، از دریا گذشت و در خشکی به جایی رسید که مصر در سمت چپ و بربرستان در سمت راست او قرار داشت. هنگامی که خبر گذشتن او از دریا به گوش پادشاهان این سه کشور رسید، هم پیمان شدند و سپاهیان خود را به جنگ کاوس فرستادند. در جنگ سختی که درگرفت، پیش از همه شاه

---

۱. باختر: در اوستا به معنی شمال و درمتن های اولیه زبان فارسی به معنی مشرق به کاررفته.

۲. هاماوَران؛ هاماوَر: سرزمینی که امروز حِمیَر نامیده می شود و بخشی است از کشور یمن که در مغرب صنعا قرار دارد.

هاماوران تسلیم شد. کسی را نزد کاوس فرستاد و از او زِنهار خواست و پذیرفت که باژ و ساوِ[1] سنگینی بپردازد. کیکاوس نیز او را امان داد. فرستاده ای که پیغام پادشاه هاماوران را برای پادشاه ایران آورده بود، به کیکاوس خبر داد که این پادشاه دختری بسیار زیبا دارد،

که از سرو بالاش زیباترست — ز مُشک سیه برسرش افسرست
به بالا بلند و به گیسو کمند — زبانش چو خنجر، لبانش چو قند
بهشتست آراسته پرنگار — چو خورشیدِ تابان به خرم بهار
نشاید که باشد جز از جفتِ شاه — که نیکو بود شاه را جفت ، ماه

کاوس با شنیدن وصف زیبایی های دختر، یکی از مردان خود را نزد پادشاه هاماوران فرستاد و از او خواست که دختر خود را به زنی به او بدهد و با او خویشاوند شود. پادشاه هاماوران به دور شدن دختر دل نمی داد، اما تاب جنگیدن دوباره با کاوس را نداشت و ناچار پذیرفت. اما همچنان دلتنگ و غمگین بود. دخترش را که سوداوه (سودابه) نام داشت نزد خود خواند تا از او بپرسد که آیا به پیوند با کاوس راضی است؟ سوداوه در پاسخ پدرگفت:

« کیکاوس پادشاهی بزرگ و مقتدر است و ما چاره ای جز پذیرفتن نداریم. وانگهی پیوند با پادشاهی همچون کیکاوس مایهٔ شادمانی است نه غم و اندوه.»

پادشاه هاماوران دانست که سوداوه از این پیوند خشنود است. پس فرستادهٔ کیکاوس را نزد خود خواند و سوداوه را با هدیه های گرانبهای بسیار نزد کاوس فرستاد. کاوس از دیدن زیبایی دختر شاه هاماوران شگفت زده شد. موبدان را نزد خود خواند و به آیین ایرانیان با او پیوند بست.

---

۱. باژ و ساو: باج و خراج سالیانه که حاکمان به پادشاهان می دادند.

شاه هاماوران که سخت دلتنگِ دختر خود بود. یک هفته بعد کسی را نزد کاوس فرستاد و درخواست کرد که چند روزی به هاماوران برود و مهمان او باشد. با این تَرفَند می خواست کیکاوس را زندانی کند تا هم سوداوه را پیش خود برگرداند، هم ناچار به پرداختن خراج نباشد. سوداوه که از حیله های پدر خود آگاه بود، کوشید کاوس را از این سفر باز دارد، اما کاوس که خود را برتر از همه می دانست و پادشاه هاماوران را به چیزی نمی گرفت، سخنان او را باور نکرد و همراه با چندتن از بزرگان ایران به آنجا رفت.

پادشاه هاماوران شهری به نام شاهه را که ویژهٔ مهمانی های او بود، به زیبایی آذین بست و یک هفته از کاوس و همراهانش در آنجا پذیرایی کرد. اما یک شب به یاری سپاهیانی که پنهانی از بربرستان به کمک خواسته بود، کاوس و همراهان او؛ طوس و گودرز و گیو را به بند کشید و آن ها را در دژی بر سر کوهی که از بلندی به آسمان می رسید، زندانی کرد و سه هزار تن از سپاهیان خود را به نگهبانی آنجا گماشت. آنگاه چندتن از زنان دربار را به ایران فرستاد تا سوداوه را به هاماوران برگردانند. سوداوه با دیدن آن ها آنچه را برای کاوس پیش آمده بود، دریافت. از خشم و اندوه جامهٔ خود را درید، گیسوان خود را کند و به آن ها دشنام داد. پادشاه هاماوران را سرزنش کرد که کیکاوس را نه درمیدان جنگ، بلکه ناجوانمردانه و با حیله و نیرنگ به بند کشیده و خویشاوندی و پیوند را زیر پا گذاشته است و گفت که هرگز حتی در مرگ هم از کیکاوس جدا نخواهد شد. هنگامی که سخنان سوداوه را برای پدرش بازگو کردند، خشمگین شد و او را به همان دژ که کیکاوس زندانی بود، فرستاد.

پس از زندانی شدن کیکاوس، سپاهیانش به ایران برگشتند. همینکه خبر اسیر شدن کیکاوس به گوش دشمنان ایران رسید، سپاهیانی از توران و همچنین از دشت نیزه وران[1] به ایران تاختند.

---

۱. نیزه ور: کسی که با نیزه می جنگد. دشت نیزه وران: سرزمین تازیان ؛عربستان

سپاهیان ایران سه ماه با آن ها جنگیدند اما سرانجام شکست خوردند و پراکنده شدند. در همین حال افراسیاب که با سپاه تازیان رو در رو شده بود، با آن ها جنگید. در این جنگ تازیان شکست خوردند. در این میان گروهی از سپاهیان ایران به زاولستان نزد رستم رفتند و از او کمک خواستند:

که ما را ز بدها تو هستی پناه — چو کم شد سر و تاج کاوس شاه،
دریغست ایران که ویران شود — کُنام پلنگان و شیران شود
همه جای جنگی سُواران بُدی — نشستنگه شهریاران بُدی
کنون جای سختی و جای بلاست — نشستنگه تیز چنگ اژدهاست

رستم از آنچه روی داده بود، بسیارغمگین شد و گفت که نخست باید از حال و کار کیکاوس خبر بگیرد، آنگاه به جنگ افراسیاب خواهد رفت و ترکان را از ایرا ن خواهد راند.

رستم پس از آگاهی یافتن از کیکاوس و همراهانش، سپاهیان را از سراسرکشور فراخواند. سپس در نامه ای پر از خشم و جدال به شاه هاماوران نوشت:

« به بند کشیدن کسی که مهمان و خویشاوند تو است، مردانگی نیست. یا کاوس و یارانش را آزاد کن، یا برای جنگ و دیدن توانمندی های من آماده شو. »

پادشاه هاماوران در پاسخ او نوشت:

« کاوس دیگر هرگز روی آزادی نخواهد دید. تو نیز اگر به اینجا بیایی، با تو خواهم جنگید و همین بند و زندان در انتظار تو نیز هست. »

رستم وقتی این پاسخ را شنید، سپاهیان خود را از راه دریا که راهی کوتاه تر بود، به نزدیکی هاماوران برد. شاه هاماوران نیز سپاهیانش را از شهر بیرون کشید. در جنگی که درگرفت،

رستم چنان از خود دلاوری نشان داد که شاه هاماوران از پیروزی نا امید شد. کسانی را نزد پادشاه بربرستان و پادشاه مصر فرستاد و از آن ها کمک خواست. آن ها نیز سپاهیان خود را به هاماوران فرستادند. اما رستم بیم داشت اگر جنگ را آغاز کند، این دو پادشاه که با کاوس دشمنی دیرینه داشتند، او را که در زندان است، بکشند. پیغامی برای کاوس فرستاد و او را از بیم و تردید خود باخبرکرد. کاوس از او خواست که جنگ را ادامه دهد و هیچ یک از آن ها را زنده نگذارد.

فردای آن روز هر دو طرفِ جنگ آماده شدند و درفش هایشان را افراشتند.

تو گفتی جهان سر به سر زآهنست	وُ گر[1] کوه البرز در جوشنست
پسِ پشتِ گُردان دِرَفشان[2] درفش	به گرد اندرون سرخ و زرد و بنفش

سپاه ایران در برابر سه سپاه از سه کشور قرار گرفت و جنگ آغاز شد. در گرماگرم جنگ رستم برآن شد که به جای شاه هاماوران، پادشاه شام را دنبال کند. رخش را به سوی او تازاند و کمند را چنان انداخت که گویی حلقهٔ کمند بر کمر او خشکید. رستم پادشاه شام را همچون گویی که ضربهٔ چوگان به او خورده باشد، از روی زین بر زمین غلتاند. یکی از دلیران سپاه که بهرام نام داشت پیش آمد و دست او را بست. شصت مرد جنگی از سپاه شام نیز اسیر شدند. گُراز، سردار دلاور ایرانی نیز، پادشاه بربرستان و چهل تن از مردان جنگی او را به بند کشید. پادشاه هاماوران که اسارت هم پیمانان خود را دید، زنهار خواست و پیمان کرد که کاوس و همراهان او را آزاد کند. هر سه پادشاه پذیرفتند که هر چه از سراپرده و گنج و ابزار جنگ دارند، به ایرانیان واگذار کنند. به فرمان کاوس، مَهد[3] زرینی را با دیبای رومیِ جواهرنشان

۱. گر: اگر: یا

۲. درفشان: درخشان

۳. مهد: تختی که برای مسافرت بر پشت چهارپایان می گذاشتند ؛کجاوه

آراستند و بر اسبی راهوار که لگامی زرنگار داشت، گذاشتند. سوداوه در آن نشست و به ایران برگشت.

پس از شکستِ شاه هاماوران صدهزار مرد جنگی از سپاهیان هاماوران و بربرستان و مصر به کیکاوس پیوستند و شمارِ لشکریان او از سیصد هزار گذشت. علاوه بر آن کاوس کسی را نزد قیصر روم فرستاد و از او خواست تا از میان سپاهیان خود مردان جنگی کار آزموده ای برگزیند و نزد او بفرستد تا به سپاهیان او بپیوندند.

همینکه خبر پیروزی های رستم و آزاد شدن کاوس به دشت نیزه وران رسید، تازیان کسی را نزد کیکاوس فرستادند و پیغام دادند که در نبودن او، با افراسیاب که به ایران حمله کرده بود، جنگیده و او را از ایران رانده اند، اما از این پس بنده و فرمانبردار کیکاوس خواهند بود. کیکاوس پیمان آن ها را پذیرفت.

کاوس که اکنون سپاهی بیشمار و با سازو برگ[1] فراوان داشت، نامه ای به افراسیاب نوشت و از او خواست که ایران را ترک کند. اما او در پاسخ نوشت:
« من، هم از آن رو که نوادهٔ تور پسر فریدونم و هم ازآن رو که تازیان را از ایران رانده ام، ایران را ازآنِ خود می دانم و با پیغام تو پادشاهی ایران را واگذار نمی کنم. »
کاوس سپاه بزرگ خود را از بربرستان به طرف خوزیان[2] کشید و در آنجا با افراسیاب به سختی جنگید. در این جنگ بیش از نیمی از سپاهیان افراسیاب کشته شدند و افراسیاب از

---

۱. ساز و برگ: تجهیزات جنگی
۲. خوزیان: خوزستان

خوزستان بیرون رانده شد. پس از آن کاوس با لشکر بزرگ خود پیروز و شادمان به ایران باز گشت.

بیاراست تخت و بگسترد داد — به شادی و رامش در اندر گشاد ...
جهان پهلوانی به رستم سپرد — همه روزگار بهی[1] زو شمرد[2]

پس از آن کیکاوس به دیوان فرمان داد که در البرزکوه، جایگاه هایی استوار برای نگهداری اسبان جنگی و ابزار جنگ و همچنین تالارهایی از آینه و کاخی زرین و جواهرنشان تراشیدند، به گونه ای که در آن ها هوا پیوسته ملایم و بهاری باشد.
از آن پس روزگار از داد و دهش کیکاوس آرام و به کام آدمیان بود، اما دیوان از اینکه ناچار از فرمانبرداری از کیکاوس بودند، سخت رنج می بردند.

رفتن کیکاوس به آسمان

روزی ابلیس دیوان را فراخواند و به آن ها گفت که باید یکی از آن ها نزد کاوس برود و او را گمراه کند و از راه یزدان بگرداند تا فرهٔ ایزدی از او دور شود. هیچیک از آن ها از بیم گزندِ کیکاوس به ابلیس پاسخ نداد. اما از میان آن ها دیوی بد نهاد این فکر را پسندید و گفت این کار نیک و پسندیده از من برمی آید. خود را به صورت پسری جوان درآورد و یک روز که کیکاوس برای شکار از شهر بیرون آمده بود، با دسته گلی نزد او رفت. زمین را بوسید و پیش کاوس نشست و به او گفت که اکنون که گردنکشان را به زیر فرمان خود درآورده و جهان

---

۱. روزگار بهی: روزهای شادکامی و بهروزی
۲. شمردن: به حساب آوردن

یکسره به کام اوست، وقت آن است که به آسمان برود و راز طلوع و غروب خورشید و چگونگی پدید آمدن شب و روز را دریابد و ببیند گردانندهٔ آسمان کیست.

کیکاوس با این سخنان گمراه شد و به فکر افتاد تا راهی برای رفتن به آسمان بیابد. دانشمندان و ستاره شناسان را نزد خود خواند و از آن ها فاصلهٔ زمین تا چرخِ ماه[1] را پرسید. پس از آن دستور داد تا شب هنگام از لانه های عقاب ها چندین جوجه بردارند و آن ها را با گوشت مرغ و برّه پرورش دهند تا نیرومند شوند. سپس به فرمان او تختی باشکوه و گرانبها ساختند و نیزه هایی بلند در چهار گوشهٔ آن محکم کردند و بر بالای هر کدام از آن ها، ران گوسفندی آویختند. آنگاه چهار عقاب نیرومند را بر چهار پایهٔ تخت بستند. هنگامی که عقاب ها گرسنه شدند، برای رسیدن به گوشت ها به پرواز درآمدند و تا آنجا که توان داشتند، اوج گرفتند، اما سرانجام از پرواز ماندند و با تخت سرنگون شدند. تخت در بیشهٔ شیر چینِ آمُل بر زمین افتاد. کاوس آسیبی ندید. رستم و گیو و طوس، خشمگین از هوس ها و خودکامگی های کاوس به جست و جوی او رفتند و هنگامی که او را یافتند، همگی او را به سختی سرزنش کردند.

بدو گفت گودرز: «بیمارستان   ترا جای زیباتر[2] از شارستان[3]»

---

۱. چرخ ماه: فلک ماه ؛ فلک یا آسمان اول از آسمان های هفتگانه که در نجوم قدیم به آن معتقد بودند و آن را جایگاه ماه می دانستند.

۲. زیبا : شایسته ؛ سزاوار

۳. شارستان: شهر

کیکاوس

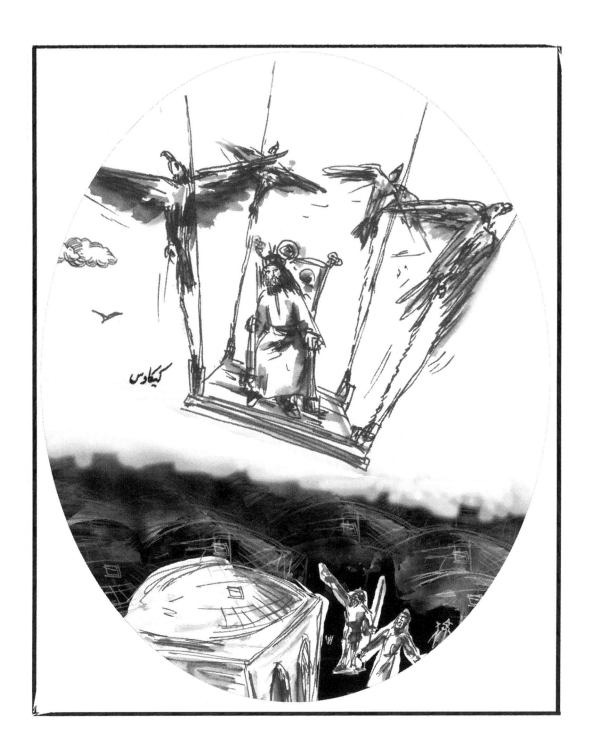

و به یاد او آورد که تا آن زمان سه بار در ماجراهای مازندران و هاماوران و رفتن به آسمان خود را و آن ها را به سختی و رنج انداخته است.

کاوس سوار برعَماری[1] به کاخ برگشت. شرمسار و پشیمان از کار خود، چهل روز از کاخ بیرون نیامد و به درگاه خداوند اشک ریخت و آمرزش خواست. سرانجام آفریدگار او را بخشید. مهتران و سپاهیانِ پراکنده بار دیگر به بارگاه او آمدند و ایران یکبار دیگرآرامش یافت.

---

۱. عَماری: اتاق گونهٔ کوچکی که برای مسافرت بر پشت چهارپایان می گذاشتند.

داستان رستم و هفت گُردان

یک روز، رستم، چندتن از دلیران ایران؛ طوس، گودرز، بهرام، گیو، گرگین، زنگهٔ شاوران، گُستهم، خُرّاد، برزین و گُرازه را به بزم و شکار مهمان کرد. همگی به دشت نَوَند رفتند و چند روزی در آنجا به شکار و شادخواری گذراندند. روزی گیو در حال مستی به رستم گفت که خوب است برای شکار به نخجیرگاه[1] افراسیاب بروند. همگی گفتهٔ او را پسندیدند. به آنجا رفتند و یک هفته به بزم و شکار پرداختند. روز هشتم رستم به مهمانان خود گفت:

« بی گمان افراسیاب تاکنون از آمدن ما باخبر شده و بزودی برای جنگ به اینجا خواهد آمد. ما باید خود را برای جنگ آماده کنیم. »

از سوی دیگر، افراسیاب که از آمدن رستم و هفت دلاور ایرانی به شکارگاه خود آگاه شده بود، سران سپاه را فراخواند و به آن ها گفت که همگی آماده شوند تا به بهانهٔ شکار به آنجا بروند، ناگهان به سرداران ایران حمله کنند و آن ها را به اسارت درآورند و کیکاوس را در تنگنا قرار دهند. پس از این گفت وگو، افراسیاب سی هزار شمشیرزن را فرستاد تا راه را بر ایرانیان ببندند. گُرازه[2] که از سوی رستم به دیده بانی گماشته شده بود، همین که از دور گرد

---

۱. نخجیرگاه: شکارگاه
۲. گُرازه: برادر ناتنی رستم

و خاک سپاهیان افراسیاب را دید، خود را به رستم رساند و خبر حمله را به او داد. رستم که درحال میگساری بود، خندید و به او گفت:

« افراسیاب بیش از صدهزار سپاهی ندارد و نباید از او بیم داشت. هریک از ما هفت دلاور با هزار تن از لشکریان او برابریم. من خود به تنهایی، سوار بر رخش بی هیچ نیازی به سپاهیان، می توانم با آن ها بجنگم. »

آنگاه جامی به یاد کیکاوس و جامی دیگر به شادی زواره نوشید. پس از آن ببرِ بیان پوشید و سوار بر رخش همراه با دلیران ایرانی به میدان جنگ رفت. افراسیاب هنگامی که پهلوانان ایران را آنچنان آراسته و آمادهٔ جنگ دید، به هراس افتاد و به پیران دستور داد که پیش برود و با ایرانیان بجنگد. پیران با ده هزار سپاهی به طرف رستم راند. رستم نیز رخش را به طرف تورانیان تازاند و بسیاری از آن ها را کشت. افراسیاب دانست که اگر جنگ تا شب ادامه بیابد، از سپاهیان او کسی زنده نخواهد ماند. پس اَلکوس را که پیوسته از جنگیدن با ایرانیان دم می زد، به میدان فرستاد.

اَلکوس با هزار تن سپاهی به میدان رفت و همینکه زواره را دید، به گمان این که رستم است، به طرف او تاخت. هردو با هم رو در رو شدند و بین آن ها جنگ درگرفت. نیزه و شمشیر آن دو در گیرودار جنگ شکست. هردو گرزهایشان را در دست گرفتند. اَلکوس با گرز ضربه ای بر زواره زد. زواره از اسب به زیر افتاد و بیهوش شد. اَلکوس از اسب پایین آمد تا او را بکشد. اما رستم به او نزدیک شد و چنان نعره ای زد که دست اَلکوس سست شد و شمشیر از دست او افتاد. با اینهمه سوار شد و نیزه ای بر کمربند رستم زد. نیزهٔ او بر زره رستم کارگر نشد. اما رستم توانست بی درنگ نیزه ای بر اَلکوس بزند و او را غرقه در خون، از روی زین بلند کند و بر زمین بکوبد.

پهلوانان ایرانی جنگ را ادامه دادند.

بکشتند چندان ز جنگاوران　　　که شد خاک لعل ازکران تا کران

رستم افراسیاب را دنبال کرد و کمند خود را به طرف او انداخت. کلاهخودِ افراسیاب بر زمین افتاد اما خود او از کمند رستم جَست و جان به در برد. در این جنگ، گروهی از تورانیان کشته شدند و افراسیاب شکست خورده به شهر بازگشت. رستم و دلیران ایران پیروز و شادمان به شکارگاه بر گشتند.

نبشتند نامه به کاوس شاه　　　ز پیگار و از دشت نخجیرگاه

وُزان کز دلیران نشد کشته کس　　　زَوارِه ز اسب اندر افتاد و بس

داستان رستم و سهراب

یک روز صبح رستم با احساس غم و دلتنگی از بیدار شد. به فکر افتاد برای شکار از شهر
بیرون برود. ترکش[1] را پر از تیر کرد و سوار بر رخش به راه افتاد. در نزدیکی توران به
بیابانی پر از گورخر رسید. رخش را به آنجا تازاند و چند گورخر شکار کرد. از شاخه های
درخت و از خار و خاشاک آتشی فراهم آورد، درختی را از جا کند، گورخری را بر آن زد و بر
آتش کباب کرد و به تمامی خورد. رخش را در سبزه زار رها کرد و خوابید. چندتن از سواران
تورانی که از آنجا می گذشتند، جای پای رخش را بر سبزه زار دیدند. به جست و جو برآمدند و
رخش را در کنار جویباری یافتند. او را به بند کشیدند و با خود به شهر بردند. هنگامی که
رستم بیدار شد و رخش را نیافت، سراسیمه خود را پیاده به سمنگان رساند. با شنیدن
خبرآمدن رستم، پادشاه سمنگان با بزرگان شهر به پذیرهٔ[2] او رفتند. شاه سمنگان وقتی از
رستم شنید که اسبِ محبوب او گم شده است، کسانی را به جست و جوی رخش فرستاد و
رستم را به کاخ خود به مهمانی برد. رستم آن شب را همراه با بزرگان و سرداران شهر
سمنگان به میگساری گذراند و نیمه های شب برای خواب به خوابگاه رفت.

---

۱. ترکش: جعبه یا کیسه ای که تیر را در آن می گذاشتند؛ تیردان

۲. پذیره: پیشواز

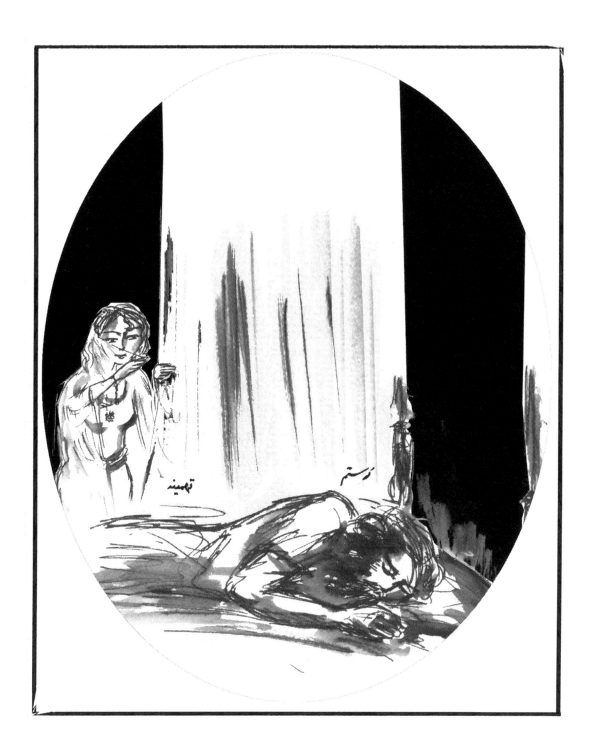

تهمینه

رستم

کمی بعد، رستم با صدای سخن گفتنی آهسته و باز شدنِ در خوابگاه بیدار شد. کنیزی شمع به دست و به دنبال او دختری زیبارو به خوابگاه آمد.

دو ابرو کمان و دو گیسو کمند به بالا به کردارِ سرو بلند

روانش خِرَد بود و تن جانِ پاک تو گفتی که بهره ندارد زخاک

رستم شگفت زده از زیبایی دختر، نامش را پرسید. دختر گفت که دختر شاه سمنگان است و تهمینه نام دارد، وصف دلاوری های رستم را شنیده و شیفتهٔ او شده و اکنون که از آمدن او به سمنگان باخبر شده، به دیدارش آمده و آرزو دارد از رستم پسری همچون او نیرومند و دلاور داشته باشد. رستم همانگونه که تهمینه خواسته بود با او پیوند بست و شب را با تهمینه گذراند. بامداد فردا رستم مُهره ای را که بر بازوی خود داشت، باز کرد و به تهمینه داد و به اوگفت که اگر دختری به دنیا آوَرد، آن مهره را به موهای او بیاویزد.

ور ایدونکِ[1] آید ز اختر[2] پسر ببندش به بازو، نشان پدر

به بالای سامِ نریمان[3] بود به مردیّ و خوی کریمان بود

نتابد به تندی برو آفتاب فرود آرد از ابر، پرّان عقاب

کمی بعد، هنگامی که خورشید در آسمان درخشید و زمین را روشن کرد، شاه سمنگان به دیدار رستم رفت و مژده داد که مردان او رخش را یافته اند. رستم نیزشادمان از پیدا شدن رخش و شبی که گذرانده بود، اسب را زین کرد و رو به ایران گذاشت.

---

۱. ایدونک: چنانچه

۲. اختر: ستارهٔ بخت و اقبال

۳. سامِ نریمان: سام پسر نریمان، نیای رستم

گفتار اندر زادن سهراب از مادر

نه ماه بعد تهمینه پسری تندرست و شاداب و خندان به دنیا آورد. تهمینه نام او را سهراب گذاشت. سهراب که شباهت بسیار به رستم و سام و نریمان داشت، در یک ماهگی یکساله به نظر می آمد. در سه سالگی راه و روش مردان را داشت، در پنج سالگی جرأت به دست گرفتن تیر و چوگان را به دست آورد. و هنگامی که ده ساله شد، در آن سرزمین کسی یارای جنگیدن با او را نداشت.

روزی سهراب از مادرش سبب آن نیرو و زور بازو را پرسید. و از او خواست تا نام پدرش را به او بگوید. تهمینه گفت:

تو پورِ گوِ پیلتن رستمی — ز دَستانِ سامیّ [1] و از نیرمی [2]
ازیرا سرت زآسمان برتر است — که تخم [3] تو زان نامور گوهرست
جهان آفرین تا جهان آفرید — سُواری چو رستم نیامد پدید

آنگاه نامه ای از رستم و هدیه هایی را که او برای سهراب فرستاده بود، نشان داد و به او هشدار داد که افراسیاب نباید به این راز پی ببرد. سهراب به مادر گفت که وقتی همهٔ جنگاوران از رستم به نیکی یاد می کنند، چرا نژاد خود را پنهان کند. بزودی لشکری از دلاوران توران گرد خواهد آورد و به جنگ کاوس خواهد رفت، او را از تخت به زیر خواهد کشید و تاج و تخت ایران را به رستم خواهد داد. آنگاه از ایران به توران لشکر خواهد کشید و افراسیاب را نیز نابود خواهد کرد.

---

۱. دستانِ سام: دَستان پسر سام. دستان لقب زال است.

۲. نیرم ؛ نریمان: پدر سام

۳. تخم: نژاد

چو رستم پدر باشد و من پسر	نباید به گیتی یکی تاجور
چو روشن بود روی خورشید و ماه	ستاره چرا برفرازد کلاه؟

سهراب بزودی سپاهی گرد آورد و برای جنگ با کاوس آماده شد. افراسیاب وقتی از کار سهراب باخبرشد، دوتن از سرداران خود، هومان و بارمان را با دوازده هزار سپاهی فرستاد تا او را همراهی کنند و به سرداران خود گفت:

« بی گمان رستم به این جنگ خواهد آمد. اما سهراب نباید پدر خود را بشناسد وگرنه با او نخواهد جنگید. چه بسا در این جنگ رستم به دست سهراب کشته شود. آن گاه می توانیم کیکاوس را شکست دهیم و ایران را به چنگ بیاوریم. پس از آن بر سهراب شبیخون می زنیم و او را نابود می کنیم. »

رسیدن سهراب به دز سپید

سهراب با سپاه خود به طرف ایران به راه افتاد و بزودی به دِزسپید (دژ سپید) رسید. نگهبان دژ که مردی جنگ دیده بود و هُجیر نام داشت، وقتی سهراب و سپاهیانش را دید، برای جنگ با او از دژ بیرون رفت. سهراب از میان سپاه بیرون تاخت و رو به هُجیر فریاد زد:

« تو که هستی که اینگونه گستاخانه، تنها به جنگ من آمده ای؟ مادرت بزودی در مرگ تو گریه خواهد کرد.»

هُجیرش چنین داد پاسخ که بس! به[1] ترکی[2] نباید مرا یار کس !
هُجیرِ دلاور سپهبَد منم هم اکنون سرت را ز تن برکَنَم

جنگ بین آن دو در گرفت. نخست هُجیر با نیزه ضربه ای بر کمر سهراب زد، اما کارگر نشد. سهراب ضربهٔ هُجیر را پاسخ داد؛ با نیزه او را از روی زین بلند کرد، بر زمین انداخت و از اسب پیاده شد تا هُجیر را بکشد. اما او زنهار خواست. سهراب دست های او را بست و نزد هومان فرستاد. ایرانیان از اسیر شدن هجیر دل شکسته و پریشان شدند. گُردآفرید دختر گژدَهم که زنی دلیر و جنگجو بود و اسیر شدن هُجیر را مایهٔ ننگ ایرانیان می دید، بی درنگ زره پوشید، گیسوانش را در زیر زره و کلاهخود پنهان کرد و سوار بر اسب از دژ بیرون آمد و به طرف سهراب تاخت. سهراب نیز آمادهٔ جنگ به طرف او آمد. گُردآفرید تیر و کمان را آماده کرد و سهراب را زیر بارانِ تیرهای خود گرفت. سهراب اسب را تازاند و به او نزدیک شد. گُردآفرید وقتی سهراب را دید که همچون آتشی شعله ور به حرکت درآمده، تیر و کمان را به بازو انداخت و نیزه به دست، اسب را به طرف او تاخت. سهراب به گرد آفرید نزدیک شد، با یک ضربهٔ نیزه، زره او را از هم درید و او را همچون گویی که ضربهٔ چوگان به آن بخورد، از روی زین بلند کرد. گردآفرید روی زین پیچ و تاب خورد و در همان حال شمشیر کشید و با ضربه ای نیزهٔ سهراب را شکست. سپس بی درنگ محکم و استوار روی اسب نشست و چون دریافته بود که یارای جنگیدن با سهراب را ندارد، شتابان به طرف دژ تاخت.

---

۱. به: به خاطرِ
۲. ترکی: یک تورانی

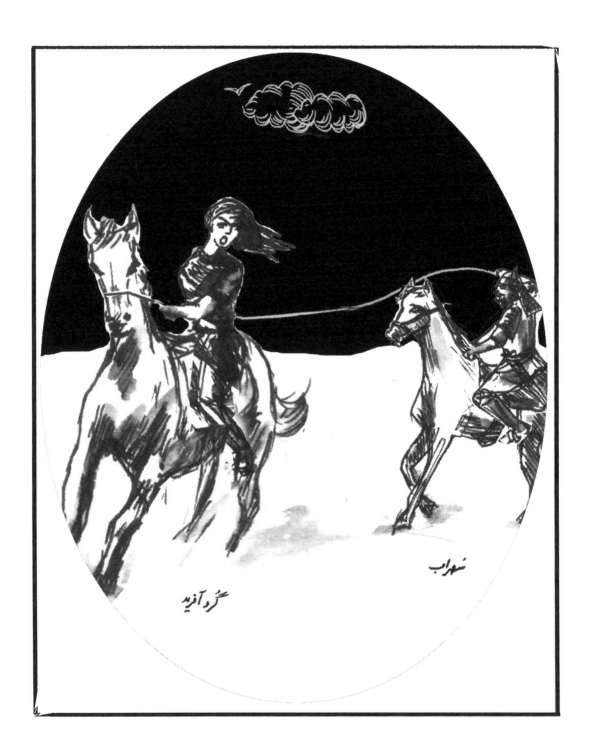

گُردآفرید

سهراب

سهراب خشمناک گردآفرید را دنبال کرد، به او نزدیک شد و کلاهخود را از سر او برداشت. گیسوان گردآفرید آشکار شد و سهراب دانست که او دختری جوان است. شگفت زده با خود گفت که اگر از ایران چنین دخترانی به میدانِ جنگ می آیند، بی گمان مردانشان گرد و خاک میدان را به آسمان خواهند رساند. بی درنگ کمند خود را پرتاب کرد و دور کمر گردآفرید انداخت و به او گفت:

« پیش از این شکاری همچون تو به دامم نیفتاده بود. از دست من رهایی نخواهی یافت. آرام باش و به فکر رهایی مباش. »

گردآفرید که خود را اسیر و گرفتار دید، چاره ای اندیشید و به سهراب گفت:

« هم اکنون هر دو سپاه چشم به ما دارند. سپاهیان تو خواهند گفت که سهراب در میدان جنگ دختری را به اسارت گرفته و این شایستهٔ تو نیست. بهتر است با هم سازش کنیم. دزسپید و سپاهیان و هرچه در آن است، در اختیار تو است. به آنجا بیا و هر کار که دلخواه تست، انجام بده. »

سهراب در برابر خود دختری زیباروی دید:

یکی بوستان بُد در اندر بهشت	به بالای او سرو دهقان نَکشت
دو چشمش گوزن و دو ابرو کمان	تو گفتی همی بشکفد هر زمان
ز گفتار او مبتلا شد دلش	برافروخت و کُنج بلا شد دلش

با اینهمه گفت :

« تو مرا در هنگامهٔ نبرد دیدی. مبادا از آنچه گفتی، برگردی. چندان هم به باروی[1] این دژ مطمئن نباش. چرا که هرقدر دست نیافتنی باشد، ازآسمان برتر نیست که ضربهٔ گرز من آن را فرو می ریزد. »

---

۱. بارو : دیوار دور شهر یا قلعه

گردآفرید خسته و شکست خورده به دژ برگشت. کمی بعد بر بام دژ رفت و به سهراب که همچنان در نزدیکی دژ مانده بود، گفت:

چرا رنجه گشتی چُنین؟ باز گرد ! هم از آمدن ، هم ز دشت نبرد

بخندید و او را به افسوس[1] گفت که ترکان[2] از ایران نیابند جفت

چنین بود و روزی نبودت ز من بدین درد غمگین مکن خویشتن

و به سهراب پند داد که با آنکه در جنگاوری بی همتاست، هنگامی که رستم به جنگ او بیاید، تاب پایداری نخواهد داشت. بهتر است سپاهیانش را به توران برگردانَد و از سرِ نادانی خود را نابود نکند.

نمانَد یکی زنده از لشکرت ندانم چه آید ز بَد بر سرت؟

سهراب که مایهٔ ننگ خود می دانست که بدون جنگ و خونریزی وارد دژ شود، جایگاهی را که در پایین دژ بود، یکسره تاراج کرد و با این فکر که روز بعد برای جنگیدن و گرفتن دژ خواهد آمد، به لشکرگاه خود برگشت.

نامهٔ گژدَهم به کیکاوس

آن شب گژدَهم نامه ای به کیکاوس نوشت و او را از آمدن سپاهی بزرگ به سرداری مردی بسیار جوان و دلاور باخبر کرد که بیش از چهارده سال ندارد، اما آنچنان نیرومند است که هُجیر را که به مقابلهٔ او رفته بود، در یک چشم برهم زدن به اسارت درآوَرد و در پایانِ نامه

۱. افسوس: تمسخر

۲. ترکان: تورانیان

نوشت با آنکه بارها با جنگجویان ترک روبرو شده، تاکنون سواری مانند این جوان ندیده است.

عنان دار[1] چون او ندیده است کس   تو گویی که سام سُوار است و بس

و از کیکاوس درخواست کرد که بی درنگ سپاهیانی برای رویارویی با او بفرستد و خبر داد که آن شب دژ را خالی خواهد کرد و اگر هم در آنجا بماند، با این جوان نخواهد جنگید. چرا که در آن دژ کسی توان پایداری در برابر او را ندارد. گژدَهم نامه را شبانه نزد کاوس فرستاد و خود نیمه شب همراه با همهٔ کسانی که در دژ بودند از راهی مخفی از آنجا گریخت. صبحِ فردا هنگامی که سهراب با سپاهیانش برای گرفتن دژ آمدند، دروازهٔ آن را باز و آنجا را از مردان جنگی خالی دیدند.

هنگامی که نامهٔ گژدَهم به کیکاوس رسید، بزرگان کشور را خواست، نامه را برای آن ها خواند و گفت که با آنچه گژدَهم دربارهٔ این جوان نوشته است، پیداست که کاری دشوار و دراز پیش آمده و باید چاره ای برای رویارویی با این جنگجوی جوان بیابند. همگی همداستان شدند[2] که کیکاوس نامه ای به رستم بنویسد و از او برای رویارویی با سهراب کمک بخواهد. کیکاوس نامه را به گیو سپرد تا نزد رستم ببرد و به او گفت هنگامی که به زاول رسید، یک روز هم درنگ نکند، با رستم و سپاهیانش به ایران بیایند و برای جنگ آماده شوند. گیو شتابان نامه را به رستم رساند. رستم هنگامی که نامهٔ کیکاوس را خواند، خندید و شگفت زده گفت:

---

۱. عنان دار: سوار کار ؛ جنگاور

۲. همداستان شدن: همعقیده شدن

« اینگونه که پیداست، این جوان در دلاوری همانند سامِ پهلوان است. بودن چنین کسی در میان ایرانیان جای شگفتی ندارد. اما در میان ترکان چنین کسی را به یاد ندارم. من از دختر شاه سمنگان پسری دارم. اما او هنوز جوان است و نمی داند چگونه باید جنگ کرد. هرچند، چندی پیش که برای او هدیه هایی فرستادم مادرش نوشت که جوانی نیرومند است و بزودی مردی بزرگ خواهد شد. »

پس از آن گیو را به میگساری دعوت کرد و گفت:

« اگر بخت یاری کند، رودررویی با این جوان دشوار نیست، او همینکه درفش مرا از دور ببیند، ماتم خواهد گرفت. اما اگر اینطور که گفته اند همانند سامِ دلاور است، پس باهوش و خردمند نیز هست و شتاب زده دست به جنگ نخواهد زد. در هر حال این جنگ چندان دشوار نخواهد بود. »

رستم در رفتن شتاب نکرد و سه روز با گیو به میگساری نشست. روز چهارم گیو به او گفت که کیکاوس آرامش و خواب خود را از دست داده و برای این کار شتاب دارد و اگر بیش از این در اینجا بمانیم، او از خشم، دنیا را به آشوب خواهد کشید.

رستم سرخوشانه پاسخ داد: «کسی یارای خشم گرفتن برما را ندارد. »

و در همان حال دستور داد تا رخش را آماده کنند و بزودی همراه با گیو با سپاهیان خود به طرف ایران به راه افتاد.

هنگامی که رستم همراه با گیو به بارگاه کیکاوس رسید، با خشم و خروش او روبرو شد. کیکاوس خشمگین از دیر آمدن رستم به گیو دستور داد که رستم را زنده به دار بکشد و چون دید گیو برای این کار پا پیش نگذاشت، به طوس گفت که هم رستم و هم گیو را به دار بیاویزد.

طوس برای اینکه از خشم کیکاوس کم کند، پیش رفت و دست رستم را گرفت تا او را از آنجا بیرون ببرد.

تهمتن برآشفت بر شهریار — که «چندین مدار آتش اندر کنار[۱]

همه کارَت از یکدگر بتّرست — ترا شهریاری نه اندر خورست

تو سهراب را زنده بر دارکن! — برآشوب و بدخواه را خوار کن!»

و با یک حرکت، دستِ طوس را پس زد، از ضربهٔ دست او، طوس برزمین افتاد. رستم تند و بی اعتنا از کنار او گذشت و از کاخ کاوس بیرون رفت. رخش را سوار شد و نعره زد:

«چه خشم آورد؟ شاه کاوس کیست؟ — چرا دست یازد به من؟ طوس کیست؟

زمین بنده و رخش، گاهِ[۲] من است — نگین، گُرز و مِغفَر[۳] کلاه من است

شب تیره از تیغ ، رخشان کنم — به آوردگه[۴] بر، سر افشان[۵] کنم

سرِ نیزه و تیغ یار من اند — دو بازوی و دل شهریارِ من اند

که آزاد زادم ، نه من بنده ام — یکی بندهٔ آفریننده ام[۶]

دیگر هرگز به ایران پا نخواهم گذاشت. اما بدانید که اگر سهراب به ایران بیاید، از خرد و بزرگ کسی را زنده نخواهد گذاشت.»

و با سپاهیان خود به طرف زاولستان به راه افتاد.

بزرگان ایران همگی غمگین و پریشان شدند. چرا که رستم برای آن ها همچون شبانی بود که رمه را نگهبانی می کند. پس به گودرز گفتند:

---

۱. آتش اندر کنار داشتن: خشمگین شدن

۲. گاه: تخت

۳. مِغفَر: کلاه آهنی؛ کلاهخود

۴. آوردگه: آوردگاه؛ میدان جنگ

۵. سرافشان: کشت و کشتار

۶. آفریننده: آفریدگار

« این شکسته تنها به دست تو درست خواهد شد، زیرا کاوس تنها از توحرف شنوی دارد. نزد کاوس برو، با او سخن بگو تا خشم او نسبت به رستم فرو نشیند. »

گودرز نزد کاوس رفت و به او گفت :

« اکنون که پهلوانی زورمند و بیباک با سپاهی بزرگ به ایران آمده، به جز رستم هیچکس یارایِ رویارویی و توانِ شکست دادن او را ندارد. گژدَهم که این جوان را دیده، به خوبی فهمیده است که هیچ سواری به جنگ این پهلوان نخواهد رفت. بنابراین راندن دلاوری همچون رستم، از بی خردی است. »

کاوس با شنیدن این سخنان از رفتار خود پشیمان شد. گودرز را فرستاد تا رستم را آرام کند و پیش او برگردانَد.

گودرز با چندتن از بزرگان و سران سپاه به تاخت خود را به رستم رساندند و به او گفتند که کاوس پادشاهی بی مغز و تندخو است، زود به خشم می آید و زود پشیمان می شود. اکنون نیز از کار خود سخت پشیمان شده است. وانگهی اگر رستم از کاوس دل آزرده است، ایرانیان گناهی نکرده اند و رستم باید به یاری آنان برود.

تَهَمتَن[1] چنین پاسخ آورد باز — که:« هستم ز کاوسِ کی[2] بی نیاز

مرا تخت، زین باشد و تاج تَرگ[3] — قبا ، جوشن و دل نهاده به مرگ

چه کاووس پیشم چه یک مشت خاک — چرا دارم از خشم او ترس و باک

سرم کرد سیر و دلم کرد بس — جز از پاک یزدان نترسم ز کس»

---

۱. تهمتن: لقب رستم

۲. کاوس کی: کیکاوس؛ کاوس شاه

۳. تَرگ: کلاهخود

همگی از این سخنان رستم ناامید شدند. اما گودرز از دری دیگر در آمد؛ به رستم گفت که اکنون مردم و سران سپاه نه از خشم بیهودهٔ کاوس و رنجیدن رستم، بلکه از سهراب و دلاوری های او سخن می گویند و گمان می کنند که رستم از این جنگجوی جوانِ تورانی ترسیده است و با این بهانه می خواهد خودرا از جنگیدن با او کنار بکشد. همه می گویند وقتی رستم از جنگ با او می ترسد، دیگران جز گریختن چاره ای ندارند. اکنون سپاه دشمن نزدیک شده و بهتر است رستم به شاه ایران پشت نکند و با سرسختی و لجاج ایران را بر باد ندهد.

رستم با شنیدن سخنان گودرز، بهتر دید که ننگِ ترسو بودن را بر خود نگذارد و نزد کاوس برگردد. این بار کاوس با دیدن رستم از جا برخاست و از او پوزش خواست و گفت:

« من تندخو آفریده شده ام، آمدن این دشمن تازه هم مرا افسرده و دلتنگ کرده و از دیر آمدن تو سخت برآشفته بودم. »

و رستم را آن شب به مهمانی و بزم دعوت کرد.

بامداد فردا کاوس همراه با رستم و گیو و طوس صدهزار سپاهی آماده را از شهر به دشت آوردند و به طرف دزسپید به راه افتادند. همینکه دیدبان از نزدیک شدن سپاه ایران خبرداد، سهراب بر بام دژ رفت، سپاه انبوه ایرانیان را به هومان نشان داد و به او که از انبوهی سپاه هراسان شده بود، گفت:

« سپاه و ابزار جنگ بسیار است، اما مرد دلاوری در میان آن ها نیست. هیچ کدام از آن ها توانِ رودررو شدن با مرا ندارند. »

آنگاه سرخوش و شادمان از بام پایین آمد، جامی شراب خواست، گرفت و نوشید.

ایرانیان سراپرده ها را رو به روی دژ برپا کردند. شب هنگام رستم از کیکاوس اجازه خواست که جامه ای همانند جامهٔ ترکان بپوشد و پنهانی به دژ برود تا ببیند که این جوان ترک کیست و چه کسانی با او همراه هستند. در نزدیکی دژ سر و صدای میگساری تورانیان را شنید. وارد دژ شد. سهراب را دید که با زَند رزم* و هومان و بارمان بر تختی نشسته است.

تو گفتی همه تخت ، سهراب بود بسان یکی سروِ شاداب بود
دو بازو به کردارِ رانِ هیون [1] بَرَش چون بَرِ پیل و چهره چو خون
ز ترکان به گِرد اندرش صد دلیر جوان و سرافراز چون نرّه شیر

در این هنگام زَند رزم که برای انجام دادن کاری از مجلس بزم بیرون آمده بود، رستم را دید و از او نام و نشانش را پرسید. رستم مشتی بر گردن زَند رزم زد و او را کشت و بی درنگ به اردوگاه ایرانیان برگشت. بزودی سهراب و یارانش از کشته شدن زند رزم آگاه شدند. سهراب با خشم و خروش گفت که کین او را از ایرانیان خواهد گرفت و بار دیگر به مجلس بزم برگشت.

رستم از دز سپید برگشت. نزد کیکاوس رفت و از بزمگاه سرداران تورانی و همچنین از سهراب و از قامت و اندام و بازو و کتف او سخن گفت:

به توران و ایران نماند به کس تو گویی که سامِ سُوارست و بس

---

* در بعضی از چاپ های شاهنامه در اینجا بیت هایی آمده که در آن ها شرح داده شده که زندرزم پسر شاه سمنگان و برادر تهمینه بود و تهمینه او را با سهراب همراه کرده بود تا در شناسایی رستم به او کمک کند.

۱. هیون: اسب

پرسش های سهراب از هُجیر

بامداد فردا هنگامی که آفتاب، کمند زرین افکند و آتش خورشید در آسمان شعله ور شد، سهراب لباس جنگ پوشید، شمشیر بر کمر آویخت، کلاهخود بر سرگذاشت، کمندی بلند بر فِتراک[1] اسب بست و با چهره ای جدی و مصمم بر اسب نشست. نخست بالای تپه ای رفت که از آنجا سپاهیان ایران به خوبی دیده می شدند. آنگاه برای اینکه رستم را در میان سران سپاه ایران بشناسد، هُجیر را نزد خود خواست و به او گفت که اگر به آنچه می پرسد، به درستی پاسخ بدهد، خلعتی بزرگ خواهد گرفت و آزاد خواهد شد وگرنه همچنان اسیر و دربند خواهد ماند. آنگاه سراپرده های گوناگون سران سپاه ایران را به او نشان داد و پرسید که هرکدام از آن ها مال کیست.

سراپرده ای از دیبای رنگارنگ که درفشی بلند با نقش خورشید و ماهی زرین داشت، از آنِ کاوس بود. سراپردهٔ سیاه رنگی که درفشی با نقش پیل داشت ازآنِ طوسِ نوذر و سراپردهٔ سرخ رنگی که درفشی با نقش شیری از طلا داشت و در میان آن جواهری می درخشید، از آنِ گودرزِ کَشوادگان بود. سهراب به سراپردهٔ سبز رنگی اشاره کرد که درفشی با نقش اژدها داشت و بالای نیزهٔ آن شیری زرین بود. از هُجیر پرسید که مال کیست؟ هُجیر گفت که از آنِ مردی است که به تازگی از چین به دیدار کاوس آمده است و در پاسخ سهراب که نام او را پرسید، گفت که نام او را نمی داند، زیرا زمانی که آن مرد به ایران آمده، او در دز سپید بوده است.

---

۱. فِتراک: تسمه یا طنابی که به زین اسب می بستند تا شکار یا چیزهای دیگر را با آن ببندند.

غمی گشت سهراب را دل بدان [1] که جایی ز رستم نیامد نشان
نشان داده بود از پدر، مادرش همی دید و دیده نبُد باورش
همی نام جُست از زبان هُجیر مگر [2] کان سخن ها شود دلپذیر [3]

و همچنان پرسش ها را ادامه داد. سراپرده ای که درفش آن نقشی از گرگی زرین داشت، از آنِ گیو پسر گودرز، سراپردهٔ سپید با درفشی با نقش ماه از آنِ فریبرز پسر کیکاوس و سراپردهٔ زرد با درفش سپید با نقش گُراز، ازآنِ گراز یکی دیگر از سران سپاه ایران بود.

سهراب که در ادامهٔ پرس و جو نیز، نامی از رستم نشنیده بود، یکبار دیگر به سراپردهٔ سبزرنگ و درفش آن اشاره کرد و نام صاحب آن را پرسید. زیرا آن را با نشانه هایی که تهمینه از سراپرده و درفش رستم داده بود، یکی می دید. اما هُجیر که از کنجکاوی های سهراب دربارهٔ رستم گمان کرده بود که او می خواهد مردان سپاه خود را به طرف او بسیج کند تا رستم کشته شود، باز هم پاسخ داد که صاحب آن مردی است که از چین آمده و نام او را نمی داند. سهراب پرسید:

« پس رستم که سالارِ لشکر و نگهبان کشور است، کجاست؟ »

هُجیر پاسخ داد:

« این روزها، هنگام گشت و گذار و بزم است. ممکن است به زاولستان رفته باشد. »

سهراب گفت:

« سخنانت خنده آور است، رستم مرد جنگ است و هرگز در هنگامهٔ جنگ به بزم نمی نشیند.»

---

۱. بدان: از آن
۲. مگر: به این امید که
۳. دلپذیر: دلخواه

سهراب که دریافته بود هجیر به او راست نمی گوید، یک بار دیگر به او گفت که اگر رستم را نشان بدهد، آزاد و از ما ل جهان بی نیاز خواهد شد وگرنه او را خواهد کشت و هجیر باید بین این دو یکی را برگزیند. اما هجیر که همچنان گمان می کرد که سهراب خیال کشتن رستم را دارد، برای اینکه او را از این فکر باز دارد، گفت که بی گمان او از جان خود سیر شده که به فکر نبرد با رستم است.

کسی را که رستم بود همنبرد — سرش زآسمان اندر آید به گرد[1] ...

تنش زور دارد به صد زورمند — سرش برتر است از درخت بلند

سهراب نیز هُجیر را سرزنش کرد و گفت که در میان ایرانیان، گودرز از همه بدبخت تر است که پسری همچون او ناتوان و نادان و بی هنر دارد که نه جنگ دیده است و نه مردان جنگی را وگرنه این همه از رستم سخن نمی گفت و او را نمی ستود.

هُجیر با خود فکر می کرد که اگر رستم به دست این جوان تورانی کشته شود، در ایران کسی نیست که به کین خواهی او بجنگد و سهراب تخت پادشاهی کیکاوس را به دست خواهد آورد. اما اگر سهراب او را به خاطر دروغی که می گوید، بکشد، روزگار ایرانیان سیاه نخواهد شد. پس باردیگر رو به سهراب کرد و گفت:

« چرا مدام از رستم سخن می گویی؟ اگربه فکر شکست دادن او هستی، بدان که به آسانی بر او دست نخواهی یافت. »

---

۱. گرد: خاک؛ زمین

رفتن سهراب به لشکرگاه کاوس

سهراب پس از شنیدن سخنان تند و گستاخانهٔ هُجیر، خشمگین از او دور شد و همچنانکه نیزه ای در دست داشت، به طرف سراپردهٔ کاوس تاخت. سپاهیان ایران همچون گورخرهایی که از شیر می رمند، همگی گریختند. سهراب رو به کاوس فریاد زد:

« چرا کرده ای نام کاوسِ کی — که با جنگ نه پای[1] داری نه پی[2]؟

بدین نیزه جان تو بریان کنم — ستاره همه بر تو گریان کنم

شبی که زَند رزم کشته شد، سوگند خوردم که هیچ یک از مردان جنگی ایران را زنده نگذارم و کاوس را زنده بر دار کنم. اکنون درمیان سپاهیانت کیست که پیش بیاید و با من رودرو شود؟ »

هیچیک از ایرانیان یارای پاسخ دادن به او را نداشت. سهراب پیشتر رفت، روی اسب خم شد و از روی زین با نیزهٔ بلند خود، شمار بسیاری از میخ های سراپردهٔ کیکاوس را از جا کند و بخشی از آن را خراب کرد.

کاوس سراسیمه رو به ایرانیان فریاد زد:

« رستم را خبر کنید! هیچ سواری هماورد این جوان ترک نیست. »

طوس شتابزده پیغام کاوس را به رستم رساند. رستم سخنان او را شنید و گلایه کرد که پادشاهان گاه برای رزم و گاه برای بزم و باده نوشی او را پیش خود می خوانند، اما از کاوس

---

۱. پای: یارای برابری

۲. پی: نیروی ایستادگی

جز رنج و سختیِ رزم چیزی ندیده است. و هنگامی که هراس و شتابزدگی طوس و دیگر سرداران سپاه را دید،

به دل گفت کین رزم آهَرمَن[1] است — نه این رستخیز از پی یک تن است

آنگاه بر رخش سوار شد. سپاه را به برادرش زواره سپرد و گفت که همگی را همان جا نگاه دارد و خود به میدان جنگ رفت.

رستم همینکه سهراب را با آن قد و قامت و شانه های فراخِ همانندِ سام دید، به او گفت که بهتر است از هردو لشکر دور شوند و برای جنگ به جایی دیگر بروند. سهراب پذیرفت، از صف سواران جدا شد و گفت:

« نیازی به یاری سپاهیان نداریم. تنها من و تو با هم می جنگیم. تو قدی بلند و تنی نیرومند داری، اما پیری و ضربهٔ یک مشت مرا هم تاب نمی آوری. »

رستم نگاهی به قد و بالای بلند او انداخت،

بدو گفت: نرم! ای جوانمرد نرم! — زمین سرد و خشک و زبان چرب و گرم[2]

به پیری بسی دیدم آوردگاه — بسی بر زمین پست کردم سپاه

تبه شد بسی دیو در چنگ من — ندیدم بر آن سو که بودم ، شکن[3]

جنگ های مرا دریا و کوه دیده اند، ستاره ها نیز شاهدند که من چگونه با مردان نامدار توران جنگیده ام. »

سهراب با شنیدن این سخنان در دل مهری نسبت به رستم احساس کرد. و به او گفت:

« گمان می کنم تو رستم یا از نژاد سام نریمانی. »

---

۱. آهَرمَن: اهریمن؛ شیطان

۲. زمین سرد و خشک و ... : زمین باید سرد و خشک و زبان باید چرب و گرم باشد.

۳. شکن: شکست

رستم انکار کرد و گفت:

« نه رستمم و نه از نژاد سامِ نریمان. رستم پهلوانی بزرگ است و من از او بسیار کو چک ترم.» امید سهراب نا امید شد. باز هم به نشانه هایی فکر کرد که تهمینه از رستم به او داده بود.

رستم و سهراب سرانجام اسب هاشان را جلو راندند و جنگ را آغاز کردند. نخست با نیزه با هم جنگیدند. بزودی نوک نیزه هایشان شکست. شمشیرهایشان را از نیام بیرون کشیدند، با ضربه های پیاپیِ هردو، شمشیرها تکه تکه برزمین ریخت، گرزها را بلند کردند و جنگ را ادامه دادند. بازوانشان خسته و گرزهایشان کج و خمیده شد. زره هایشان و پوشش های آهنین اسب هایشان پاره پاره فرو ریخت. تن هایشان غرق عرق، دهان هایشان پر ازخاک و زبان هایشان از تشنگی چاک چاک بود. پدر فرسوده و رنجور و پسر پر شور و برافروخته، از جنگ دست کشیدند و کمی دورتر از یکدیگر ایستادند. رستم از ناتوانی خود در برابر این جوان شگفت زده مانده بود و با خود می گفت: « جنگ با دیو در برابر جنگ با این جوان کم سن و سال، چه آسان بود. این جوان مرا از زندگی سیر کرد. »

کمی بعد که خستگی از بازوانشان رفت، هردو به تیر و کمان رو آوردند. زره و خَفتانِ هیچکدام، از تیرها و پیکان های دیگری آسیبی ندید. همچنان سوار براسب، کمربند یکدیگر را گرفتند و به هم آویختند. رستم که به آسانی سنگ را از کوه می کند، کمربند سهراب را گرفت تا او را از روی زین بلند کند، اما نتوانست. هردو خسته و درمانده شدند. سهراب یکبار دیگر گرز را از زین اسب بیرون کشید و ضربه ای بر شانهٔ رستم زد. رستم احساس درد را فرو خورد و سهراب او را مسخره کرد؛ رَخش را خر و دست های رستم را مثل نی، بی بر و بی ثمر

خواند و گفت پیرمردی که دست به کارهایی می زند که از جوانان برمی آید، نادان و ابله است.

سرانجام هردو خسته و در مانده، دست از جنگ با یکدیگر کشیدند. رستم به سپاه توران حمله برد و سهراب به لشکریان ایران. سپاهیان ایران پراکنده شدند و رستم از بیم آنکه گزندی به کاوس برسد، به طرف سپاه ایران برگشت و هنگامی که دید سهراب چند تن از آنان را کشته است، از اینکه سهراب همچون گرگ به میان گله افتاده است، به او پرخاش کرد.

سرانجام رستم گفت:

« امروز تمام شد. اما فردا هنگامی که خورشید شمشیرش را از نیام بیرون بکشد، این دشت جایگاه شکست و پیروزی یکی از ماست. »

و با طعنه به جوانی سهراب افزود:

« اگر شمشیر می تواند با بوی شیر بیامیزد، تو پیروز خواهی شد. برو ! فردا صبح زود با شمشیرهای جنگ برمی گردیم. تا پروردگار چه بخواهد. »

رستم و سهراب به اردوگاه های خود برگشتند. آن شب رستم نخست با کیکاوس و سپس با برادر خود زواره از دلاوری ها و از نیرو و زور بازوی سهراب و از جنگ سخت و بی سرانجامی که با او داشته، سخن گفت و اینکه روز بعد با او کشتی خواهد گرفت، اما نمی داند که او پیروز خواهد شد یا آن جوان تورانی؟ و از زواره خواست که اگر روز بعد در جنگ با سهراب کشته شد، به جنگ ادامه ندهد. سپاه را به زاولستان برگرداند و رودابه و زال را در مرگ او دلداری بدهد.

سهراب همینکه به اردوگاه برگشت، بزمی برپا کرد و به میگساری نشست و با هومان از جنگی که آن روز با رستم داشته و از حملهٔ خود به سپاه ایرانیان گفت. او که همچنان در جست و جوی پدر خود بود با شگفتی بسیار از شباهت مردی که با او جنگیده بود، به خودش سخن گفت و این که در دل نسبت به او احساس محبت می کند و خیلی از نشانی هایی را که تهمینه از پدرش داده، در او می بیند و گمان می کند مردی با این دلاوری، کسی جز رستم نیست و سخت نگران است که مبادا با پدر خود می جنگد. اما هومان که از افراسیاب دستور داشت که سهراب نباید پدر خود را بشناسد، گفت که رستم را چندین بار در جنگ ها دیده است. اسب این مرد شباهتی اندک به رخش دارد، اما این مرد رستم نیست.

جنگ دوم رستم با سهراب

بامداد فردا، سهراب آمادهٔ جنگ به میدان آمد. اما با رستم با خنده و سرخوشی روبرو شد و همچون دوستی که شب پیش با او بوده است، حا ل او را پرسید:

که: «شب چون بُدَت روز چون خاستی؟	ز پیگار بر دل چه آراستی؟
ز تن دور کن ببر[1] و شمشیر کین	بزن جنگ و بیداد را بر زمین
بیا تا نشینیم هر دو به هم	به می تازه داریم روی دُژم[2]
به پیش جهاندار پیمان کنیم	دل از جنگ جُستن، پشیمان کنیم

۱. ببر: ببر بیان: لباسی از پوست ببر که رستم هنگام جنگ می پوشید.
۲. دُژم: پژمرده

رستم گفت:

« قرار ما این نبود. قرار بود که امروز با هم کشتی بگیریم. من همچون تو جوان نیستم، اما پیری کاردیده ام و برای کشتی گرفتن آماده ام. کشتی می گیریم و هرچه آفریدگار بخواهد، پیش خواهد آمد. »

سهراب با شنیدن این سخنان گفت:

« اما تو سالخورده ای و این سخنان شایستهٔ تو نیست. آرزو داشتم در بستر بمیری اما اگر سرنوشت این است که مرگ تو به دست من باشد، همان کاری را می کنیم که آفریدگار خواسته است. »

کُشتی گرفتن رستم و سهراب

رستم و سهراب از اسب پیاده شدند. اسب هایشان را بستند و به طرف یکدیگر رفتند و کشتی را آغاز کردند. هردو همانند دو شیر به یکدیگر آویختند و سراپایشان در خون و عرق، غرق شد. سهراب بزودی رستم را بر زمین زد و پشت او را به خاک رساند و همچون شیری که گورخری را بر زمین بیندازد، بی درنگ روی سینهٔ رستم نشست و خنجر کشید تا او را بکشد. رستم چاره ای اندیشید و به سهراب گفت که در آیین ایرانیان کسی که نخستین بار حریفی را به زمین می زند، او را نمی کشد. یک بار دیگر کشتی می گیریم. سهراب پذیرفت. دست از کشتی کشیدند. سهراب بی آنکه به آنچه پیش آمده بود، بیندیشد، به طرف دشت پر آهویی که در آن نزدیکی بود، رفت و آهویی شکار کرد.

هومان که از دیرآمدن سهراب دل نگران شده بود، به جست و جوی او آمد و هنگامی که از آنچه پیش آمده بود، باخبر شد، سهراب را سرزنش کرد که شیری را که به دام انداخته بوده،

رها کرده و این بار باید مواظب جان خود باشد. اما می دانست که سهراب جان به در نخواهد برد. خشمگین و غمزده به اردوگاه برگشت.

رستم همینکه از چنگ سهراب آزاد شد، همچون کسی که عمر دوباره یافته باشد، به طرف جویباری رفت. آب خورد، سر و تن را شست، از آفریدگار برای پیروزی خود یاری خواست و اندیشناک و رنگ پریده به میدان جنگ بازگشت. سهراب نیز کمان به دست و کمند به بازو، همچنانکه گورخرها را با نعره های خود، می رَماند، از راه رسید.

کشته شدن سهراب به دست رستم

هردو پیاده شدند، اسب هارا بستند و بار دیگر کشتی را آغاز کردند. بخت بد گِرد سر هردو می گشت. این بار گویی آسمان زور و توان را از سهراب گرفته بود. رستم سر و گردن او را پیچاند و پشتش را به خاک رساند. مرگ رسیده بود، توانی برای سهراب نماند. رستم خنجر کشید و او را در خون غرقه کرد. سهراب به خود پیچید، آهی کشید و به رستم گفت:

« در آنچه پیش آمد، تو بی گناهی. من خود کلید مرگم را به دست تو دادم. آسمان مرا زود به رشد و بزرگی رساند و زود به کشتن داد وگرنه همسالان من در کوچه ها سرگرم بازی هستند. من با نشانی هایی که مادرم داده بود ، برای یافتن پدرم آمده بودم.

کنون گرتو در آب ماهی شوی — وُ گر چون شب اندر سیاهی شوی

وُگر چون ستاره شوی بر سپهر — ببرّی ز روی زمین پاک مهر

بخواهد هم از تو پدر کین من — چو داند که خاکست بالین من

بزودی کسی از میان نامداران ایران به رستم خبر خواهد داد که سهراب که برای یافتن تو آمده بود، کشته شد.»

رستم
سهراب

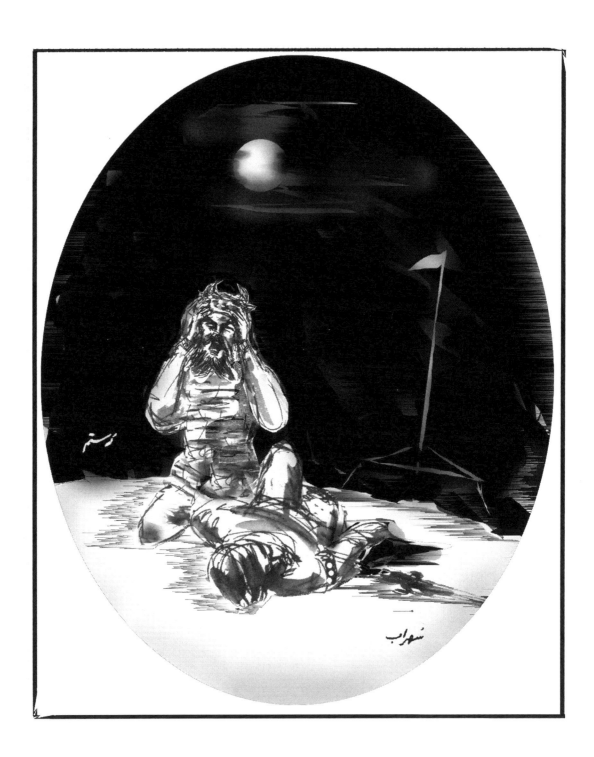

با شنیدن این سخنان، جهان پیش چشم رستم تیره و تار شد و از هوش رفت. پس از آنکه به هوش آمد، از سهراب پرسید:

که اکنون چه داری ز رستم نشان   که کَم باد نامش ز گردنکشان !

سهراب گفت :

« اگرتو رستمی مرا بی سبب و از سرِ لجاج و ستیز کُشتی. از هر راهی خواستم مهر ترا برانگیزم اما سودی نداشت. »

آنگاه به پدر گفت که خَفتان او را باز کند و مهره ای را که مادرش هنگام خداحافظی بر بازوی او بسته بود، ببیند.

مرا گفت کاین از پدر یادگار   بدار و ببین تا کی آید به کار

کنون کارگر شد که بیکار[۱] گشت   پسر پیش چشم پدر خوار گشت[۲]

رستم همین که مهرهٔ یادگاری خود را بر بازوی سهراب دید، بر خاک افتاد، جامهٔ خود را درید و زار زار گریست. سهراب به او گفت که بیهوده بر خود آسیب می زند. آنچه پیش آمده، سرنوشتِ مقدّر او بوده است.

هنگام غروب بیست سوار از سپاه ایران به جست و جوی رستم آمدند. رخش و اسب سهراب را دیدند ولی از آن ها نشانی نیافتند. با این گمان که رستم کشته شده، خبر مرگ او را برای کاوس و سپاهیان ایران بردند. سپاهیان از این خبر پریشان شدند و در مرگ رستم خروشیدند. کاوس به طوس گفت که با کشته شدن رستم هیچ کس یارای جنگیدن با سهراب را ندارد،

---

۱. بیکار: آنچه آن را به کار نگیرند و از آن استفاده نکنند ؛ بدون استفاده ؛بی صاحب

۲. خوارگشتن: زبون و درمانده شدن

باید همگی همان شب از آنجا بروند و پیش از اینکه به راه بیفتند، حمله ای به سپاه توران بکنند. با شنیدن سروصدای سپاهیان ایران، سهراب از رستم خواست تا ایرانیان را از جنگ با تورانیان بازدارد. چون آن ها به خاطر سهراب و نویدهایی که به آن ها داده بود، به جنگ آمده بودند. رستم بی درنگ خود را به اردوگاه رساند. سپاهیان که از زنده بودن رستم شادمان شده بودند وقتی او را درهم شکسته و پریشان دیدند و از آنچه پیش آمده بود، باخبر شدند، از سرِ درد و اندوه خروش برآوردند و گریستند.

چُنین گفت با سرفرازان که« من   نه دل دارم امروز، نه هوش و تن

شما جنگِ ترکان مجویید کس   همین بَد که من کردم امروز، بس»

آنگاه برادرش زواره را نزد هومان فرستاد تا از او بخواهد دست از کینه و جنگ بردارد و به زواره گفت که سپاه توران را تا ساحل رودخانه همراهی کند تا آن ها بی هیچ گزندی از آب بگذرند.

رستم با سران سپاه ایران؛ طوس و گودرز و گُستهم به جایی که سهراب بود، بازگشت. آن ها رستم را که سخت پریشان بود، دلداری دادند. و هنگامی که رستم در اوج اندوه و ناامیدی خواست خود را با دشنه نابود کند، او را از این کار بازداشتند و گفتند که اگر دنیا را هم به آتش بکشد، سودی نخواهد داشت و اگر صدها آسیب به خود بزند، آرامش و آسایشی به سهراب نخواهد رسید.

رستم کمی بعد گودرز را نزد کاوس فرستاد تا از نوشدارویی[1] که داشت، برای او بفرستد. شاید سهراب از مرگ نجات یابد. اما کاوس که بیم داشت اگر سهراب زنده بماند، رستم

---

۱. نوشدارو : دارویی افسانه ای که زخم هایی را که درمان آن ها دشوار است، درمان می کند.

قدرتی بیشتر به دست آورد و او را نابود کند، از فرستادن نوشدارو خودداری کرد. گودرز ناچار نزد رستم برگشت و گفت که بهتر است خود او برای گرفتن نوشدارو برود. شاید بتواند کاوسِ بدخو و بدسرشت را به دادن نوشدارو راضی کند.

رستم دستور داد تا بستری در کنار جوی آب گستردند. سهراب را بر آن خواباند و با شتاب برای گرفتن نوشدارو روانه شد. اما چندان دور نشده بود که سواری از راه رسید و او را از مرگ سهراب باخبر کرد. رستم با شنیدن این خبر از اسب پیاده شد، خاک بیابان را بر سر خود ریخت و زاری کرد:

«که را آمد این پیش ، کامد مرا ؟ — بکُشتم جوانی به پیران سرا[۱]

نبیره ی جهاندار ، سامِ سُوار — سوی مادر از تخمهٔ نامدار

بریدن دو دستم سزاوار هست — جز از خاک تیره مبادم نشست

چه گوید چو آگه شود مادرش؟ — چگونه فرستم کسی را بَرَش؟

چه گویم چرا کشتمش بی گناه؟ — چرا روز کردم برو بر سیاه؟...

که دانست کاین کودک[۲] ارجمند — بدین سال گردد چو سرو بلند

به جنگ آیدش رای و سازد سپاه — به من بر کُند روز روشن سیاه

آنگاه دستور داد تا پوششی از دیبا بر پیکر سهراب کشیدند. رستم و همراهانش پیکر سهراب را به اردوگاه بردند. در آنجا سراپرده را آتش زدند و همگی به سوگواری نشستند. کیکاوس نیز مزوّرانه کوشید تا رستم را دلداری دهد:

---

۱. پیران سر : پیرانه سر ؛ هنگام پیری. حرف الف که به دنبال پیران سر آمده، در گذشته برای پرکردن وزن شعر به آخرین کلمهٔ بیت افزوده می شد.

۲. کودک : جوان

« اگر آسمان را به زمین بیاوری و آب را بدل به آتش کنی، هرگز نمی توانی او را برگردانی. من از دور او را با آن اندام تنومند و قد و قامت بلند، دیدم. انگار مرگ او را برانگیخته بود تا با سپاه به اینجا بیاید و به دست تو کشته شود. گریه های تو این درد را درمان نخواهد کرد. »

رستم ازکاوس درخواست کرد که جنگ را ادامه ندهد و اجازه دهد تا سپاهیان توران به سرزمین خود بازگردند.

کیکاوس و سپاهیانش به ایران بازگشتند. رستم در آنجا ماند تا زواره از بدرقهٔ سپاه توران برگردد. آنگاه همراه با لشکریان خود به زاولستان رفت. مردم سیستان با اندوه و درد به پیشواز او رفتند. زال و همراهانش با دیدن تابوت سهراب از اسب ها پیاده شدند. پهلوانان خاک بر سر ریختند و زاری ها کردند و با جامه های دریده و دل های داغدار به طرف کاخ رستم به راه افتادند. در آنجا رستم درتابوت را باز کرد و پیکر سهراب را به آن ها نشان داد.

همه کاخ تابوت بُد سر به سر — غُنوده به تابوت در ، شیرِ نر

تو گفتی که سام است با یال و سُفت[1] — غمی[2] شد زجنگ، اندرآمد بخفت

رستم پیکرسهراب را با دیبای زرد پوشاند. او را در تابوتی گذاشت و تابوت را برای آنکه با گذشت سالیان آسیب نبیند، در دخمه ای که از سُم چهار پایان ساخت،گذاشت.

---

۱. شانه و گردن؛ بلندای قد

۲. غمی: خسته و فرسوده

داستان سیاوَخش

یک روز صبح زود، طوس و گیو و گودرز همراه با چند سوار برای شکار به دشت دَغوی در نزدیکی سرزمین توران رفتند. پس از شکار چند گورخر، گیو و طوس با چندتن از همراهان، تفریح کنان اسب های خود را به طرف بیشه ای که در مرز توران بود، راندند. در آنجا به دختری زیباروی برخوردند. هردو شادمان و شگفت زده پیش رفتند. طوس از حال و کار او پرسید. دختر گفت که شب پیش پدرش مست به خانه آمده و در حال مستی خنجر کشیده تا او را بکشد، ناچار از خانه گریخته است. دختر در پاسخ طوس که از نژاد او پرسید، گفت که از خویشان کَرسیوز (گَرسیوز) برادر افراسیاب است و نژادش به فریدون می رسد. طوس از او پرسید که چگونه خود را به آنجا رسانده، دختر گفت که اسبش خسته شده و در راه مانده و دزدان در آن طرف تپه، زر و گوهری را که با خود داشته، از او گرفته اند و او اکنون در آنجا مانده است، چون می داند پدرش کسانی را به جست و جوی او خواهد فرستاد تا او را به خانه برگردانند.

طوس و گیو هردو مهر دختر را به دل گرفتند. هرکدام از آن ها دختر را برای خود می خواست. گفت و گویشان بر سر او به خشم و تندی کشید، تا آنجا که بر آن شدند دختر را بکشند. یکی

از همراهان گفت بهتر است دختر را نزد کیکاوس ببرند تا او درین باره داوری کند. کاوس وقتی دختر را دید و از نژاد او باخبرشد،

بدو گفت کاین روی و موی و نژاد همی خواستی هر سه دادی به باد

به مُشکوی [1] زرّین من بایدت سرِ [2] ماهرویان کنم شایدت

و دختر را به شبستان [3] خود فرستاد.

زادن سیاوَخش

چندی نگذشت که به کیکاوس مژده دادند که از آن دختر، پسری به دنیا آمده که در زیبایی کسی همتای او را ندیده و نشنیده است. کاوس نام کودک را سیاوَخش (سیاوُش) گذاشت و از ستاره شناسان خواست که از آیندهٔ او خبر بدهند. ستاره شناسان ستارهٔ بخت او را تاریک و آیندهٔ او را پریشان و پردرد و رنج دیدند. سیاوُش کم کم بزرگ شد. روزی رستم که به دیدار کیکاوس آمده بود، او را دید و از کیکاوس درخواست کرد که سیاوش را به او بسپارد تا با خود به زاولستان ببرد و به او آداب پادشاهی و شکار و هنرهای دیگر بیاموزد. کیکاوس پذیرفت. پس از چندی، سیاوُش که جوانی برومند شده بود و همهٔ آنچه را که رستم به او آموخته بود، به خوبی فراگرفته بود، از رستم خواست تا او را نزد پدر برگردانَد. رستم هدایای بسیار با سیاوُش همراه کرد و با او به بارگاه کیکاوس رفت. کاوس سرداران بزرگ خود، گیو و طوس را به پذیره [4] آن دو فرستاد. کاوس با دیدن سیاوش، از زیبایی و دانایی و فرّ و شکوه او

---

۱. مُشکو: حرمسرای پادشاه

۲. سر : سَرور

۳. شبستان: حرمسرا

۴. پذیره: پیشواز

شگفت زده شد. خدا را سپاس گفت و هفت روز جشن گرفت، روز هشتم در گنج ها را باز کرد و هدیه های بسیار از اسبان تازی و ابزار گوناگون جنگ به سیاوش بخشید. هفت سال بعد کیکاوس که شایستگی سیاوش را دیده و آزموده بود، منشور فرماندهی کَوَرستان[1] را به او داد.

عاشق شدن سوداوه به سیاوَخش

سوداوه که با دیدن سیاوُش به او دل باخته بود و در اندوه عشق او، همچون یخی که پیش آتش بگذارند، هرروز رنجورتر می شد، روزی کسی را پنهانی نزد سیاوش فرستاد و او را به کاخ خود دعوت کرد. اما سیاوُش دعوت او را نپذیرفت. فردای آن روز، سوداوه نزد کیکاوس رفت و گفت که خواهران سیاوش آرزو دارند او را ببینند و از کیکاوس خواست که سیاوش را به شبستان بفرستد تا آرزوی دخترها برآورده شود. کیکاوس به سیاوش گفت که به شبستان برود، ساعتی در آنجا بماند و خواهرانش را شاد کند.

سیاوش دیدار با سوداوه را خوش نداشت و از سوی دیگر فکر می کرد که پدر می خواهد او را بیازماید، پس به کاوس گفت که در شبستان چیزی نخواهد آموخت، بهتر است او را نزد بزرگان و فرزانگان بفرستد تا از آن ها آداب پادشاهی بیاموزد. با اینهمه فرمان پدر را اطاعت می کند و روز بعد برای دیدار آن ها به شبستان خواهد رفت.

کیکاوس شادمان از فرمانبرداری سیاوش، یکی از بزرگان دربار، به نام هیربَد را نزد سوداوه فرستاد تا او را از آمدن سیاوش باخبر کند. صبح فردا سیاوش با دلی لرزان و نگران، همراه با هیربد به شبستان رفت. در آنجا با شادمانی بسیار به او خوشامد گفتند.

---

۱. کَوَرستان: ماوراء النهر

درم زیر پایش همی ریختند | عقیق و زبرجد برآمیختند
زمین بود درزیر دیبای چین | پراز درّ خوشاب روی زمین
می و رود و آواز رامشگران | همه بر سران افسران گران

سوداوه بر تختی زرین و آراسته به دیبای جواهر نشان، نشسته بود و همچون ستارهٔ سهیل می درخشید. همین که سیاوش را دید، از تخت پایین آمد، او را در آغوش گرفت و چشم و رویش را بوسید. سیاوش که می دانست مهر سوداوه، رنگِ دیگری دارد، از او دور شد و نزد خواهران خود نشست و کمی بعد از شبستان بیرون رفت.

شب، هنگامی که کیکاوس به شبستان رفت، سوداوه از او خواست که یکی از دختران خود یا دختران دو برادر خود؛ کی آرش و کی پَشین را به زنی به سیاوُش بدهد. کیکاوس فکر او را پسندید و فردای همان روز به سیاوش گفت که آرزو دارد که او همسری برگزیند تا آنگونه که ستاره شناسان پیش بینی کرده اند، از او یادگاری بزرگ برجا بماند. سیاوش پذیرفت و گفت که کیکاوس خود، همسری برای او برگزیند، اما سوداوه نباید از این کار باخبر شود. کاوس که از حیله های سوداوه بی خبر بود، در پاسخ سیاوش گفت که سوداوه هرچه می گوید از سرِ مهربانی است. سیاوش ناچار سخنان پدر را پذیرفت، هرچند می دانست که سوداوه خیال دارد تَرفَندی تازه به کار بَرَد.

صبح فردا سوداوه، هیربد را نزد سیاوش فرستاد و از او خواست که به شبستان برود و همگی دختران را که در آنجا گرد آمده بودند، ببیند. همینکه سیاوش پا به آنجا گذاشت، سوداوه از تخت پایین آمد، او را به جای خود نشاند و به او گفت از میان آن دختران، یکی را برای همسری برگزیند. سیاوش به دخترها که از زیبایی او شگفت زده مانده بودند، سرسری نگاهی

انداخت. سوداوه اندکی بعد آن ها را به بیرون از تالار فرستاد و به سیاوش گفت که هرکدام از آن ها را که پسندیده است، می تواند به همسری بگیرد. سیاوش پاسخی نداد. زیرا از حیله گری های سوداوه آگاه بود، از فریبکاری شاه هاماوران و جنگ او با کاوس نیز داستان ها شنیده بود و سوداوه و پدر او را دشمن ایرانیان می دانست. سوداوه وقتی سکوت او را دید، روبند از چهره برداشت و گفت:

« هنگامی که ماه و خورشید در کنار هم قرار بگیرند، ماه درخششی ندارد. تو اکنون خورشید را در برابر خود داری و بی اعتنایی تو به دخترها، عجیب نیست. اگر با من برسر مهر بیایی، یکی از دخترانم را که تازه سال است، به همسری تو درمی آورم. هنگامی که کاوس از دنیا برود، تو همچون یادگاری از او با من می مانی و مثل او نگه دار و یار من خواهی بود.

« من اینک به پیش تو اِستاده ام — تن و جانِ روشن ترا داده ام

ز من هرچه خواهی، همه کامِ تو — بر آید، نپیچم سر از دام تو »

آنگاه سر سیاوش را در میان دست های خود گرفت و بی هیچ پروا و آزرمی او را بوسید. سیاوش از شرم سرخ شد و در دل از آفریدگار خواست که او را از اهریمن و از خیانت به پدر دور نگه دارد. با خود اندیشید که اگر پاسخی سرد به سوداوه بدهد، خشمگین خواهد شد و حیله ای به کار خواهد برد تا کاوس را نسبت به او بدگمان کند. پس گفت که سوداوه زنی بسیار زیبا و بی همتاست. اما تنها پادشاه است که شایستگی او را دارد، سوداوه را مادر خود می داند و پیوند با دخترش را می پذیرد و چون آن دختر هنوز کودک است، تا بزرگ شدن او با کسی پیوند نخواهد بست.

سوداوه این خبر را به کاوس رساند. او نیز از آنچه از سوداوه شنید، بسیارشادمان شد.

سوداوه چند روز بعد سیاوش را نزد خود خواند و گفت که هفت سال است که دلبستۀ اوست. حال که کیکاوس با پیوند سیاوُش با دخترش موافقت کرده، دیگر بهانه ای برای او نمانده، باید به خواهش سوداوه تن بدهد و او را با مهر خود، شاد و جوان کند. وگرنه او را پیش کیکاوس رسوا و روسیاه خواهد کرد. سیاوش در پاسخ او گفت که هرگز مردانگی را زیر پا نخواهد گذاشت و به پدر خود خیانت نخواهد کرد و خشمناک از جا برخاست تا از تالار بیرون برود. سوداوه از بیم آنکه سیاوش رازش را آشکار کند، به او آویخت. اما سیاوُش خود را از چنگ سوداوه رهاکرد و از آنجا بیرون رفت. سوداوه جامۀ خود را درید، صورتش را خراشید و فریاد و فغان کرد. هنگامی که کیکاوس خود را به شبستان رساند تا سبب آن غوغا را بداند، سوداوه پیش دوید،

چنین گفت کامد سیاوُش به تخت — بیاراست جنگ و بر آویخت سخت
که از تست جان و دلم پر ز مهر — چه پرهیزی از من تو ای خوبچهر ؟
بینداخت افسر ز مُشکین سرم — چُنین چاک زد جامه اندر برم

کیکاوس که گفته های او را باور کرده بود، خشمگین سیاوش را نزد خود خواست تا آنچه را پیش آمده بود، بازگو کند. سیاوش سبب خشم سوداوه را فاش کرد. اما سوداوه همچنان بر دروغ های خود اصرار ورزید و به کاوس گفت که می ترسد کودکی را که از کیکاوس در بَطنِ خود دارد، بر اثر این حادثه از دست بدهد. کاوس برای آنکه حقیقت را دریابد، سراپای سیاوش را بویید. هیچ بویی به مشامش نخورد. اگر سیاوش به سوداوه دست زده بود، می بایستی دست و جامۀ او از بوهای خوشی که سوداوه بر جامۀ خود داشت، معطر شده باشد. دانست که سوداوه دروغ می گوید. سخت دل آزرده و خشمگین شد تا آنجا که بر آن شد که سوداوه را با شمشیر تکه تکه کند، اما از شاه هاماوران بیم داشت و از سوی دیگر به یاد مهربانی ها و

پرستاری های سوداوه در زندان هاماوران افتاد و نیز اندیشید که کودکان سوداوه بی مادر خواهند ماند. ناچار خشم خود را فرو خورد و به سیاوش گفت که یقین دارد که او بیگناه است، اما بهتر است دربارهٔ آنچه پیش آمده، باکسی سخنی نگوید تا مردم از آن باخبر نشوند و به آن شاخ و برگ ندهند.

سوداوه که نزد کیکاوس رسوا شده بود، کینهٔ سیاوش را به دل گرفت و به فکر افتاد که نیرنگ دیگری به کار ببرد: زن مکار و حیله گری را که باردار بود، وادار کرد که دارویی بخورد تا کودکی را که در بطن دارد، سقط کند. آنگاه دو کودک نارس زن را در طشتی زرین گذاشت و به کیکاوس نشان داد و گفت که در کشاکشی که با سیاوش داشته، آسیب دیده و کودکان خود را از دست داده است. کیکاوس بار دیگر به سیاوش بدگمان شد و برای اینکه از تردید رهایی بیابد، ازستاره شناسان خواست که در آسمان جست و جو کنند تا معلوم شود که آیا آن دو، از پشت کیکاوس و سوداوه هستند. آن ها یک هفته جست و جو کردند و در آسمان نشانه ای از ستارهٔ آن دو کودک ندیدند. نزد کاوس آمدند و گفتند که آن دو از پشت شاه و سوداوه نیستند، اگر از پشت پادشاهان بودند، پیدا کردن ستارهٔ آن ها آسان بود. آنگاه نشانه هایی را که از آن زن به دست آورده بودند به کیکاوس گفتند. اما او همچنان ماجرا را پنهان نگاه داشت.

چندی بعد سوداوه بار دیگر نزد کیکاوس آمد و به او گفت که از اندوه از دست دادن کودکان خود پریشان و بی تاب است و آرامش ندارد. کیکاوس خشمناک شد و دستور داد تا زن را پیدا کنند. اما زن به کاری که کرده بود، اعتراف نکرد. کاوس سوداوه را خواست تا خود از زبان ستاره شناسان بشنود که کودکان از پشت آن دو نیستند. اما او سخنان آن ها را نپذیرفت و گفت که سیاوش ستاره شناسان را به گفتن این دروغ وادار کرده تا او را پیش کیکاوس

خوار کند. کاوس یکبار دیگر در راستگویی سیاوش شک کرد. سرانجام آنچنان پریشان و درمانده شد که از فرزانگان دربار خواست تا چاره ای برای این کار بیابند. آن ها گفتند که پنهانکاری و غم خوردن سودی جز رنج ندارد و به ناچار باید آنچه که پیش آمده، نزد همگان آشکار شود. یکی از این دو نفر باید از آتش بگذرد، اگر بی گناه باشد، گزندی نخواهد دید.
سوداوه به گذشتن از آتش تن نداد و گفت:
«من بی گناهی ام را با از دست دادن آن دو کودک نشان دادم. این سیاوش است که باید بی گناهی او معلوم شود.»
سیاوش پذیرفت که از آتش بگذرد.

گذشتن سیاوَخش از آتش

کاوس دستور داد تا دو پشتهٔ بزرگ از هیزم فراهم آورند. به فرمان کاوس موبد بر پشته های هیزم نفت ریخت. صد مردِ آتش افروز هیزم ها را آتش زدند. نخست دود و سپس شعله از آن ها برخاست و زمین از نور آن روشن شد.

سیاوُش بیامد به پیش پدر | یکی خودِ زرین نهاده به سر
سراسر همه دشت بریان شدند | بدان چهرِ خندانش، گریان شدند
هُشیوار با جامه های سپید | لبی پر ز خنده ، دلی پر امید
یکی تازی [1] برنشسته سیاه | همی گردِ نعلش بر آمد به ماه
پراکنده کافور [2] بر خویشتن | چنان چون بود رسم و ساز [3] کفن

۱. تازی :اسب عربی
۲. کافور: مادهٔ گیاهی سفید رنگ و خوشبو که در موردهای گوناگون ازجمله تدفین مردگان به کار می رود.
۳. رسم و ساز: لوازم

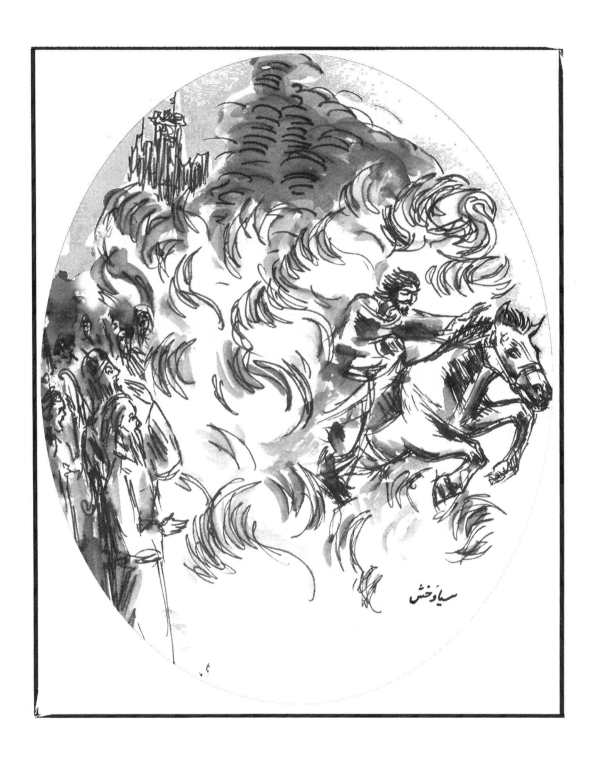

سیاوخش

سیاوُش از اسب پیاده شد و نزد پدر رفت. وقتی کاوس را شرمزده دید، به او گفت که نگران نباشد، چرا که اگر بی گناه باشد، از آتش آسیبی نخواهد دید. آنگاه اسبش را به میان کوه آتش راند. فریاد و غریو از مردم برخاست. سیاوُش درمیان زبانه های آتش ناپدید شد. همهٔ کسانی که در آنجا گرد آمده بودند ، اشکریزان چشم به آتش دوختند. بزودی سیاوش سالم و سرفراز از آن سوی کوه آتش بیرون آمد و فریاد شادی مردم بلند شد. سیاوُش اسبش را به طرف پدر راند. هردو پیاده شدند. پدر، پسر را در آغوش گرفت و بوسید و از او پوزش خواست. کاوس همراه با سیاوُش و بزرگان دربار به کاخ بر گشت، رامشگران را خواست و سه روز به شادی و شادخواری نشست.

کاوس، روز چهارم سوداوه را به بارگاه خواست و خشمناک به او گفت:

« بی شرمی و بدنهادی کردی و جان فرزند مرا به خطر انداختی. باید به دار آویخته شوی. »

سوداوه گفت:

« اگر با همهٔ مصیبتی که به من رسیده، بایدکشته شوم، آماده ام. اما سیاوش بیگناه نیست. او با جادویی که زال به کار برده، از آتش گذشته است. »

کیکاوس برآشفت و به او گفت:

« هنوز گستاخی ! همچنان نیرنگ بازی می کنی. »

و رو به بزرگان دربار کرد و از آن ها پرسید:

« مکافات کارهای بدی که این زن کرده چیست؟ »

همه یکصدا گفتند که سوداوه سزاوار مرگ است. کاوس دستور داد که او را در پیش چشم مردم به دار بزنند. جلادان سوداوه را بیرون بردند. کاوس رنجی را که در دل داشت، آشکار نمی کرد. اما رنگ از صورتش پریده بود و چهره اش به هم رفته بود. سیاوُش می دانست که

کاوس بزودی از کشتن سوداوه پشیمان خواهد شد و او را در از دست دادن سوداوه گناهکار خواهد دانست. پیش آمد و از پدرش خواست که سوداوه را به او ببخشد. کاوس بی درنگ پذیرفت.

پس از چندی کاوس با سوداوه بر سر مهر آمد و گناهان او را فراموش کرد.

آمدن افراسیاب به ایران

یک روز که کاوس با سوداوه به بزم نشسته بود، به او خبردادند که افراسیاب با صدهزار سپاهی رو به ایران گذاشته تا جنگ تازه ای آغاز کند. کیکاوس بزرگان ایران را خواست و به آن ها گفت:

« افراسیاب بار دیگر پیمان خود را شکسته و به فکر جنگ با ایران افتاده است. جز خود من هیچکس قدرتِ رویارویی با او را ندارد. باید بروم و نام او را از جهان پاک کنم وگرنه هر چندگاه، مثل تیری که از کمان رها شود، به این سرزمین لشکر می کشد و آن را ویران می کند.»

بزرگان دربار گفتند که بهتر است کاوس یکی از سرداران کاردیده و شایستهٔ خود را به جنگ بفرستد. سیاوش با این اندیشه که هم دست به کاری بزرگ بزند و هم از حیله گری های سوداوه دور باشد، به کاوس گفت که در خود توانِ جنگیدن با افراسیاب و شکست دادن او را می بیند و به این جنگ خواهد رفت. کاوس پذیرفت. رستم را خواست و او را با سیاوش همراه کرد.

بزودی طوس که سپه سالار ایران بود، لشکریان را آماده کرد. سیاوش نیز دوازده هزار سوار از چند شهر ایران فراهم آورد. پس از آن رستم و سیاوُش همراه با بهرام و زنگهٔ شاوران و پنج

مرد فرزانه، درفش کاویانی را برافراشتند و لشکریان را از شهر به دشت بردند. کیکاوس به بازدید سپاه آمد. برای آن ها آرزوی پیروزی کرد و با چشم گریان به شهر بازگشت.

سیاوش نخست با لشکر بزرگ خود به زاولستان رفت و در آنجا یک ماه را با زال و رستم به بزم و شکار گذراند. سپس همراه با رستم و سپاه بزرگی که او از کاوُل و هند فراهم آورده بود، به طرف شهر هِری به راه افتاد. از آنجا نیز سپاه پیاده ای فراهم آورد و فرماندهی آن را به زنگهٔ شاوران سپرد و پس از گذشتن از چند شهر، سرانجام به بلخ رسید.

کرسیوز (گرسیوز) برادر افراسیاب و بارمان و سِپَهرَم، سرداران او هنگامی که از نزدیک شدن سپاهیان ایران باخبر شدند، پیکی نزد افراسیاب فرستادند تا بی درنگ با لشکریان خود به بلخ بیاید. پیش از رسیدن افراسیاب به آنجا، در دروازهٔ بلخ بین هردو سپاه جنگ سختی درگرفت که دو روز به درازا کشید. سِپَهرَم به آن طرف جیحون فرار کرد و خود را به افراسیاب رساند. سیاوُش وارد بلخ شد.

نامهٔ سیاوَخش به کیکاوس

سیاوُش همین که به بلخ رسید، نامه ای به پدر نوشت و خبر پیروزی سپاه ایران و فرار سِپَهرَم و بارمان را به او داد و پرسید حال که به ساحل جیحون رسیده است، آیا سپاهیان را از آب بگذراند و جنگ را ادامه دهد یا همچنان در بلخ بماند. کاوس با خواندن نامهٔ سیاوش شادمان شد و در پاسخ او نوشت که شتاب نکند و منتظر بماند تا افراسیاب به این سوی جیحون بیاید و جنگ را آغازکند.

از سوی دیگر، هنگامی که کرسیوز نزد افراسیاب رفت و خبر وارد شدن سیاوش به بلخ را داد، او سخت برآشفته شد. کرسیوز را از پیش خود راند و فرمان داد که هزارتن از بزرگان، سپاه را برای جنگ با سیاوش آماده کنند.

خواب دیدن افراسیاب

شب هنگام افراسیاب خوابی ترسناک دید و با فریاد از خواب پرید. کرسیوز به بالین او آمد و او را که سخت می لرزید، درآغوش گرفت و آرام کرد. افراسیاب پس از آنکه اندکی آرام گرفت، خواب خود را برای کرسیوز بازگو کرد:

«خواب دیدم در بیابانی بی آب و علف که زمینش پر از مار و آسمانش پر از عقاب بود، سراپرده زده ام. سپاهیانم گرد من جمع بودند. ناگهان بادی شدید و پر گرد و خاک وزید و درفش و سراپردهٔ مرا واژگون کرد. جوی های خون از هر طرف جاری شد. هزاران تن از لشکریان را دیدم که سربریده در آنجا افتاده بودند. سپاهیان ایران با جامه هایی سیاه و نیزه هایی که سرهای بریده بر سر آن بود، به طرف من تاختند، مرا از تخت بلند کردند، دست هایم را بستند و پیش کاوس بردند که به صورت مردی جوان بر تخت نشسته بود، کاوس همینکه مرا دید، شمشیر کشید و مرا دو نیم کرد. از درد فریاد کشیدم و از فریاد خود بیدارشدم.»

کرسیوز او را دلداری داد و گفت که این خواب نشانهٔ پیروزی اوست. اما بهتر است خوابگزاران و اخترشناسان را بخواهد تا آن را تعبیر کنند.

افراسیاب خوابگزاران را خواست و زر و سیم بسیاری به آن ها بخشید تا قول بدهند که خواب او را برای هیچکس بازگو نکنند وگرنه دستور کشتن آن ها را خواهد داد. خوابگزاران خواب

افراسیاب را بسیارشوم و بدعاقبت دیدند، اما جرأت نداشتند به او بگویند. سرانجام یکی از آن ها نخست از افراسیاب قول گرفت که تعبیر خواب هرچه باشد، شاه به آن ها گزندی نرساند. پس از آن گفت که شاهزاده ای جوان با سپاهی بزرگ از سوی کاوس به جنگ افراسیاب خواهد آمد. اما اگر افراسیاب با آن شاهزاده بجنگد و او در جنگ کشته شود، آشوبی بزرگ برپا خواهد شد و پادشاهی افراسیاب برجا نخواهد ماند.

افراسیاب با شنیدن تعبیر خوابگزاران، بر آن شد که جنگ را ادامه ندهد، با سیاوش از درِ آشتی درآید و سرزمین هایی را که ایرانیان از دست داده بودند، به آن ها برگردانَد.

پس بزرگان و دانشمندان را خواست و به آن ها گفت:

« من در زندگی جنگ های بسیاری کرده ام. پادشاهان بسیاری را از میان برداشته ام، شهرهای بسیاری را ویران و گلستان های فراوانی را خارستان کرده ام. اما اکنون دانسته ام که:

ز بیدادی[1] شهریار جهان همه نیکوی ها شود در نهان
نزاید بهنگام بر دشت گور شود بچهٔ باز را چشم کور
ببرّد ز پستانِ نخجیر شیر شود آب در چشمهٔ خویش قیر
شود در جهان چشمهٔ آب خشک ندارد به نافَه ندرون بوی، مشک
ز کژی گریزان شود راستی پدید آید از هر سویی کاستی

من از جنگ سیرشده ام و بهتر می بینم به آشتی و دادگری رو بیاورم. اگرشما روا می دارید، پیغامی برای رستم می فرستم و با او آشتی می کنم. »

بزرگان دربار فکر او را پسندیدند. افراسیاب کرسیوز را با دویست سوار همراه با گنج ها و اسبان تازی و ساز و برگ بسیار برای سیاوش و رستم فرستاد تا به آن دو بگوید که با آن ها نخواهد

---

۱. بیدادی: بیدادگری؛ ستم

جنگید، به همان سهمی که فریدون به تور بخشیده، بسنده می کند و سپاهیان خود را از ساحل جیحون بیرون می برد. کرسیوز با همراهانش به ساحل جیحون رسید و پیکی نزد سیاوش فرستاد. پیک یک روزه به آن طرف رودخانه به شهر بلخ رسید و سیاوش را از آمدن کرسیوز باخبر کرد.

سیاوش و رستم، کرسیوز را با گشاده رویی پذیرفتند. رستم به کرسیوز گفت که برای گرفتن پاسخ، یک هفته در آنجا مهمان او باشد. در همین حال گروهی از سواران را برای خبر رسانی از حملهٔ افراسیاب به اطراف فرستاد و به سپاهیان هشدار داد که برای جنگ آماده باشند.

رستم و سیاوش که از آشتی ناگهانی افراسیاب شگفت زده شده بودند، می خواستند سبب آن را دریابند. پس از گفت و گوی بسیار، سیاوُش چاره را در آن دید که برای اطمینان از پیمان صلحِ افراسیاب، از او بخواهند صدتن از بستگان نزدیک خود را که رستم آن ها را می شناسد، به عنوان گروگان به آنجا بفرستد و سپاهیان خود را از شهرهای بخارا و سُغد و سمرقند و چاج، بیرون بکشد. همچنین تصمیم گرفتند که پس از رسیدن گروگان ها به بلخ، به کاوس نامه ای بنویسند و از او بخواهند که او نیز دست از جنگ بکشد و صلح را بپذیرد.

کرسیوز وقتی سخنان رستم و سیاوُش را شنید، پیکی نزد افراسیاب فرستاد و او را از آنچه شنیده بود، باخبر کرد. افراسیاب فرستادنِ صدتن از خویشان خود را خوش نداشت، اما پس از تردیدهای بسیار، کسانی را که رستم نام برده بود، نزد سیاوش فرستاد. همچنین سپاهیان خود را از بخارا و سُغد و سمرقند بیرون کشید و به کَنگ برگشت. رستم نیز کرسیوز را با هدیه های بسیار به توران برگرداند.

کرسیوز نزد افراسیاب برگشت و از دیدار خود با سیاوش و نیکی های او سخن ها گفت:

ز خوبیّ دیدار و کردار اوی   ز هوش و دل و شرم و گفتار اوی
دِلیر و سَخُن گوی و گرد و سُوار   تو گفتی خِرَد دارد اندر کنار

افراسیاب گفت که اکنون از هراسی که خواب در دل او انداخته بود، رها شده است و از چاره جویی خود بسیار خشنود است.

سیاوُش می خواست پیکی نزد کیکاوس بفرستد و او را از پیمان آشتی باخبر کند، اما رستم گفت که کاوس بدخو و بدنهاد است و چه بسا از تصمیم آن ها خشمگین شود. بهتر است سیاوُش نامه ای بنویسد و رستم آن را برای کاوس ببرد.

سیاوُش نامه ای پر ازستایش به کیکاوس نوشت و او را از آمدنِ کرسیوز و درخواست افراسیاب برای آشتی و آنچه او و رستم برای پذیرفتن پیمان صلح خواسته بودند، آگاه کرد. هنگامی که کاوس نامهٔ سیاوش را خواند، به رستم پرخاش کرد که سیاوش جوان و بی تجربه است، اما او که مردی جنگ دیده و کارآزموده بود، نباید فریب افراسیاب را می خورد و با گرفتن هدیه هایی که او از مردم بیگناه به چنگ آورده و گروگان هایی بی تبار و بی ارزش با او صلح می کرد. و از سر خشم فریاد زد که هم اکنون کسی را پیش سیاوش خواهد فرستاد تا به او بگوید که هدیه های افراسیاب را آتش بزند و گروگان ها را دست بسته پیش او بفرستد تا همهٔ آن ها را نابود کند. آنگاه به رستم دستور داد که نزد سیاوُش برگردد و در بلخ دست به غارت و تاراج بزنند تا افراسیاب وادار به ادامهٔ جنگ شود.
رستم به کاوس یادآوری کرد که او و سیاوش دو روز جنگیدند و وارد بلخ شدند، اما کاوس دستور داد منتظر بمانند تا افراسیاب به این طرف جیحون بیاید، سپس با او بجنگند و اکنون که افراسیاب

از درِ آشتی درآمده و همهٔ آنچه را که آن ها خواسته اند، پذیرفته است، درست نیست که پیمانی را که بسته اند، بشکنند و به او پند داد که هرگز از سیاوش انتظار نداشته باشد که پیمان شکنی کند. اگر هم کاوس پیمان را بشکند، افراسیاب همهٔ آنچه را که پذیرفته، زیر پا خواهد گذاشت و ایران را به آشوب خواهد کشید. کاوس با شنیدن این سخنان خشمگین تر شد و گفت که بی گمان رستم در پی راحت و آسایش خود بوده و سهراب را او به صلح و آشتی برانگیخته است. آنگاه دستورداد که رستم همانجا بماند و طوس بی درنگ نزد سیاوش برود و جنگ را ادامه دهد.

غمی[1] گشت رستم ، به آواز گفت　　　که گردون سر من نیارد نهفت

اگر طوس جنگی تر از رستمست　　　چنان دان که رستم زگیتی کمست

و با چهره ای که از خشم برافروخته بود، از بارگاه کاوس بیرون رفت.

کیکاوس در نامه ای پر از خشم و خروش به سیاوش نوشت که خود او بارها سخنان فریبندهٔ افراسیاب را باور کرده و دست از جنگ کشیده است. این بارهم سیاوش فریب افراسیاب را خورده است. و به او دستور داد که همینکه طوس به آنجا برسد، گروگان ها را نزد کاوس بفرستد و جنگ را آغاز کند و اگر افراسیاب را دوست دارد و نمی خواهد که او را پیمان شکن بخوانند، سپاه را به طوس بسپارد و برگردد.

سیاوُش نامه را خواند و از زبانِ پیک آنچه را که کاوس با رستم کرده بود، شنید. از یک سو شکستن پیمان با افراسیاب و فرستادن گروگان ها را روا نمی دید و از سوی دیگر می دانست که اگر نزد پدر برگردد، باز هم با حیله گری های سوداوه روبرو خواهد شد. سرانجام بر آن

---

۱. غمی: غمگین

شد که هدیه های افراسیاب و گروگان ها را به توران بفرستد و خود از آنجا به کشوری دیگر برود. پس تصمیم خود را با زَنگهٔ شاوران و بهرام که هردو پس از رفتن رستم، رازدار و رایزن[1] او بودند، در میان گذاشت. آن دو بهتر دیدند که سیاوش به دستور کاوس شاه گردن بگذارد، نامه ای به او بنویسد و پوزش بخواهد و حال که فرستادن گروگان ها را روا نمی دارد، آن ها را آزاد کند تا نزد افراسیاب برگردند. اما سیاوُش که فرمان یزدان را از فرمان شاه بالاتر می دانست و پیمان شکنی را روا نمی دید، به این کار تن در نداد.

سیاوش سرانجام زنگهٔ شاوران را همراه با نامه ای به توران فرستاد تا افراسیاب را از مخالفت کاوس با پیمان صلح و خشم گرفتن او بر سیاوش باخبر کند، هدیه های افراسیاب و گروگان ها را برگردانَد و از او بخواهد که اجازه دهد سیاوش از راه توران به کشور دیگری برود.

زنگهٔ شاوران هدیه ها و گروگان ها را به توران برد. طُوُرگ که از پهلوانان بزرگ توران بود، به پیشواز او رفت و او را به بارگاه افراسیاب برد. افراسیاب او را به خوبی پذیرفت و در کنارخود نشاند. افراسیاب نامهٔ سیاوش را خواند و از برهم خوردن پیمان صلح با ایران و نیز از درخواستی که سیاوش از او کرده بود، سخت نگران و پریشان شد.

کمی بعد وزیر خود پیران را خواست و با او دربارهٔ سیاوش و درخواست او به رایزنی پرداخت پیران گفت که سیاوُش شاهزاده ای شایسته و خردمند است. او به خاطر پیمانی که با افراسیاب بسته، پیوند خود را با پدرش گسسته است و همین نشانهٔ جوانمردی اوست. بهتر است افراسیاب نامه ای بنویسد و سیاوش را به توران دعوت کند، دختری را به همسری او درآوَرَد تا در آنجا ماندگار شود. کاوس پیر است و هنگامی که سیاوُش جانشین او بشود، دو

۱. رایزن: مشاور

کشور زیر فرمان افراسیاب خواهد بود. اگر هم سیاوش روزی با پدرش آشتی کند و به ایران برگردد، چه بسا که کاوس به خاطر مردانگیِ افراسیاب، صلح همیشگی را بپذیرد و آرامش در هردو کشور برقرار شود.

افراسیاب تردید را کنار گذاشت و در نامه ای به سیاوش، پس از ستایش بسیار از او، نوشت که او را همچون فرزندی می پذیرد و سیاوُش می تواند تا هرگاه که بخواهد در توران بماند. همچنین او را دلداری داد که رنجش و قهر او با پدرش به درازا نخواهد کشید؛ کاوس پیر است و بزودی دست از ستیز خواهد کشید و با او آشتی خواهد کرد.

سیاوش از اینکه افراسیاب او را به گرمی پذیرفته بود، شادمان شد، اما از اینکه خشم بیجای پدر، او را به پناه بردن به دشمن واداشته، دلش سخت به درد آمد. در نامه ای به کاوس از آنچه از سوداوه بر او گذشته بود و همچنین از اینکه کاوس پیمان صلح را نپذیرفته، گلایه کرد و نوشت که از سرِ ناچاری به دهان اژدها می رود.

ندانم کزین کار ،گردان سپهر چه دارد به راز اندر از کین و مهر

سپس سپاهیان را به بهرام سپرد و همراه با سیصد سوار که از میان آن ها برگزیده بود، به طرف توران به راه افتاد.

رفتن سیاوَخش به ترکستان

سیاوُش و همراهانش چند شهر توران را پشت سرگذاشتند. در قَجقارباشی چند روزی ماندند. پیران برای دیدار و خوشامدگویی به او به آنجا رفت. هردو یکدیگر را در آغوش گرفتند. پیران

سیاوش را بوسید و از اینکه او را تندرست و شاد می دید، خدا را سپاس گفت و به او اطمینان داد که افراسیاب او را فرزند خود می داند. خود او نیز با بیش از هزار خویشاوندی که دارد در فرمان او خواهند بود.

زیبایی شهر و مهربانی های پیران و مردم، سیاوش را به یاد زابلستان و رستم انداخت. یاد ایران و روزهایی که به مهمانی رستم رفته بود و پهلوانان همه گرد او جمع بودند، اشک به چشمان سیاوش آورد.

ز پیران بپوشید و پیچید روی سپهبد بدید آن غم و درد اوی

بدانست کو را چه آمد به یاد غمی گشت و دندان به لب بر نهاد

سیاوش مهربانی ها و یکدلی پیران را باور داشت، اما از طرف افراسیاب خود را ایمن نمی دید. یکبار دیگر به پیران گفت که اگر او می داند که در آن سرزمین از دشمنی های افراسیاب در امان نخواهد بود، از آنجا به کشور دیگری خواهد رفت. پیران گفت که پادشاه توران زمین اگر چه به بدی شهرت یافته، اما مرد باهوش و خردمندی است و اگر دلیلی نداشته باشد، به کسی گزند نمی رساند و برای آنکه به بیم و دودلی های او پایان دهد، گفت که خود او نیز خویشاوند و رایزن افراسیاب است و با سپاهیان فراوان و اموال بسیاری که دارد، یار و پشتیبان سیاوش خواهد بود، مگر آنکه سیاوش آشوبی برپا کند، صلحی را که برقرار شده، برهم بزند و روزگار خوش خود را تلخ و ناگوار کند. سیاوش هنگامی که مهربانی ها و همدلی های پیران را دید، آرامش یافت.

به خوردن نشستند یک با دگر سیاوش پسر گشت و پیران پدر

چند روزی درآنجا ماندند. سپس به طرف کَنگ که جایگاه افراسیاب بود به راه افتادند.

هنگامی که به کَنگ رسیدند، افراسیاب پیاده از کاخ بیرون آمد، سیاوُش از اسب پیاده شد. یکدیگر را در آغوش گرفتند و بوسیدند. افراسیاب برای تندرستی و شادمانی سیاوش دعا کرد و به او گفت که هرچند نخستین جنگ با ایرانیان را تور به راه انداخت، اما تورانیان از جنگ سیر شده اند و از این پس دنیا از جنگ و خونریزی آسوده خواهد بود. آنگاه دست سیاوش را گرفت و به کاخ برد و با خود بر تخت نشاند.

به روی سیاوُش نگه کرد و گفت   که این را به گیتی ندانیم جفت

نه زین گونه مردم بود در جهان   چنُین روی و بالا و فرّ مهان

همان روز یکی از کاخ های خود را به سیاوُش بخشید. روز بعد او را به ناهار مهمان کرد و هدیه های بسیار به کاخ او فرستاد.

چوگان بازی سیاوَخش پیش افراسیاب

یک هفته بعد افراسیاب سیاوُش را برای چوگان بازی به میدان برد. نخست، هرکدام از میان سپاهیان خود یارانی برگزیدند و در برابر هم هنرنمایی کردند. پس از آن به تماشای بازی یاران خود نشستند. بُرد پیوسته با ایرانیان بود. سیاوش برای اینکه تورانیان نرنجند، به زبان پهلوی به یاران خود گفت که آنجا میدان جنگ نیست و نیازی نیست که همهٔ توانایی های خود را نشان بدهند. در آخرین بازی، ترکان برنده شدند. افراسیاب به راز پهلوی سخن گفتنِ سیاوُش پی برد و جوانمردی او از چشمش دور نماند. آن روز سیاوش در تیراندازی نیز مهارت خود را به خوبی نشان داد و افراسیاب و سردارانش را شگفت زده کرد. افراسیاب هر روز دلبستگی بیشتری به سیاوش پیدا می کرد و شب و روزش را با او می گذراند.

یک سال گذشت. روزی پیران به دیدار سیاوش رفت و به او گفت:

« حال که افراسیاب با تو این چنین مهربان است، بهتر است بیش از این به ایران نیندیشی، به توران دل ببندی و از میان تورانیان همسری که شایستهٔ تو باشد، برگزینی. در شبستان افراسیاب سه دخترند که ماه از زیباییشان خیره می ماند. کرسیوز نیز سه دختر دارد. من نیز در شبستان خود سه دختر خردسال دارم. اما بهتر است تو با یکی از دختران افراسیاب پیوند ببندی. در میان دختران او فریگیس (فَرَنگیس) از همه بزرگتر است. زیباست و از دانش و خرد بهرهٔ بسیار دارد. من او را شایستهٔ همسری تو می دانم. اگر دستور بدهی او را برای تو از افراسیاب می خواهم.»

سیاوُش در پاسخ گفت که حال که سرنوشت او این است که به ایران بر نگردد و هرگز روی کاوس و زال و رستم و دیگر دلاوران ایران را نبیند، همان بهتر که این ازدواج را بپذیرد.

صبح فردا پیران به بارگاه افراسیاب رفت و درخواست سیاوش را با او در میان گذاشت، افراسیاب گفت که تا زمانی که سیاوش در توران است، از او همچون برادر پذیرایی خواهد کرد. اما دختر خود را به او نخواهد داد، چرا که پیش از این ستاره شناسان پیش بینی کرده اند، کودکی که از این پیوند زاده شود، تاج و تخت او را از میان برخواهد داشت؛ چرا درختی بکارد که ریشه اش کَبَست[1] و میوه اش زهر است. پیران گفت که نگرانی او بیهوده است. فرزند سیاوش همانند خود او خردمند و صلح طلب خواهد بود. چه بسا که از این دو، پسری به

۱. کَبَست: حنظل ؛ هندوانهٔ ابوجهل که میوه ای بسیار تلخ است.

دنیا بیاید که شهریار توران و ایران بشود و به جنگ بین دو کشور پایان دهد. اگر هم سرنوشت همان باشد که ستاره شناسان گفته اند، نمی توان آن را دگرگون کرد.

سرانجام افراسیاب پیوندِ فرِیگیس و سیاوش را پذیرفت.

پیوند سیاوَخش با فرِیگیس

صبح فردا، هنگامی که آسمان خورشید را همچون سپری زرین بالا برد، پیران به دیدار سیاوش رفت و مژده داد که افراسیاب پیوند او و فرِیگیس را پذیرفته است. سپس به کاخ خود رفت و از همسرش گلشهر خواست که از پوشیدنی و گستردنی و زیورها، هرچه که شایسته و بایسته است، فراهم کند، به کاخ فرِیگیس برود و او را نزد سیاوُش ببرد. گلشهر با هدیه های بسیار نزد فریگیس رفت و او را به کاخ سیاوش برد.

بیامد فرِیگیس چون ماه نو — به نزدیک آن تاجور شاه نو...

زمین باغ گشت از کران تا کران — ز شادی و آواز رامشگران

یک هفته بعد افراسیاب هدیه های بسیار از دینار و درهم و ابزار جنگ و پوشیدنی های بسیار و منشور فرمانروایی سرزمین پهناوری تا کنار دریای چین را برای سیاوش فرستاد، زندانیان را آزاد کرد و همهٔ مردم شهر را به مهمانی بزرگی خواند تا هرکس هرچه بخواهد بخورد و هرچه بخواهد با خود به خانه ببرد.

یک سال بعد افراسیاب به سیاوش پیغام داد که به سرزمینِ زیر فرمانروایی خود برود، از شهرهای آنجا دیدن کند و در هر شهری که دوست دارد، ماندگار شود. سیاوش و فریگیس با گنج های بسیار به راه افتادند. پیران نیز با آن ها همراه شد و در خُتَن که شهر او بود، یک ماه

آن ها را مهمان کرد. پس از آن به طرف دریای چین به راه افتادند. مردم آن مرز و بوم با شادی و با آوای چنگ و نی به پیشواز آن ها آمدند. سیاوش همراه با پیران سرتاسر آن سرزمین را گشت. سرانجام به جایی بسیار خوش آب و هوا که آب فراوان و درختان بسیار داشت، رسیدند، سیاوش به پیران گفت که در همانجا شهر را خواهد ساخت.

| بر آرم یکی شارستان فراخ | فراوان بدو اندر ایوان و کاخ |
| نشستنگی برفرازم به ماه | چنان چون بود در خور تاج و گاه |

پیش از ساختن شهر، سیاوش از ستاره شناسان خواست تا او را از آیندهٔ آن باخبر کنند و آن ها به او گفتند که آن شهر آیندهٔ فرخنده ای ندارد. سیاوش از این پیش بینی بسیار غمگین شد. در راهِ بازگشت همچنان که در کنار هم اسب می راندند، پیران از سیاوش سبب غمزدگی او را پرسید. سیاوش از ناسازگاری آسمان گله کرد و از کَنگ دز (کَنگ دژ) گفت که پیش از آن ساخته بود. اما خود از آن بهره ای نبرده بود و گفت که زندگی او در این شهری که خواهد ساخت، دراز نخواهد بود و فرزندش نیز درآنجا زندگی نخواهد کرد. پیران او را دلداری داد:

« افراسیاب دست از بدی برداشته و دل را از کینه و دشمنی شسته است. من نیز تا جان در بدن دارم، پیمانی را که با تو بسته ام نخواهم شکست و نخواهم گذاشت نسیمی ترا آزار دهد و به تو کمترین آسیبی برسد. »

سیاوُش گفت:

« می دانم که تو نام نیک خود را بد نخواهی کرد و بر سر پیمان خودخواهی بود، اما من از آنچه آسمان برای من پیش خواهد آورد، آگاهم. »

آنگاه پیش بینی کرد که بزودی از بخت بد و از کینهٔ بدخواهان، بی هیچ گناهی کشته خواهد شد. میان ایران و توران جنگ درخواهد گرفت. ایرانیان توران را ویران خواهند کرد. افراسیاب

از کار خود پشیمان خواهد شد، اما پشیمانی سودی نخواهد داشت. اما حال که سرنوشت این است، بهتر است تا رسیدن آن روزها خوش باشند.

پیران با شنیدن این سخنان به فکر فرو رفت. با خود گفت: « من سیاوش را به توران کشیده ام و اگر آنچه او می گوید، پیش بیاید، گناه از من است.» اما خود را دلداری داد که هیچکس از آنچه پیش خواهد آمد، آگاه نیست. سیاوش هم بی گمان به یاد ایران و پدرش افتاده و این سخن ها را از سرِ دلتنگی بر زبان می آوَرَد.

سیاوُش و پیران دو هفته به شادی و شادخواری[1] گذراندند. پس از آن پیران به هند و آن طرف دریای سند رفت تا آنگونه که افراسیاب فرمان داده بود، از فرمانروایان آن کشورها، باژ و ساوی[2] را که قرار بود، بگیرد.

نامۀ افراسیاب به سیاوَخش

سیاوش شهری زیبا و باشکوه ساخت و نام آن را سیاوَخشگِرد[3] گذاشت. دستور داد بر دیوار ایوان کاخ او در یک سو تصویری از کیکاوس و رستم و زال و گودرز و در سوی دیگر تصویری از افراسیاب و پیران و کرسیوز بکشند. بزودی آوازۀ سیاوَخشگِرد در همه جا پیچید. پیران که از سفر هند برگشته بود، برای دیدن سیاوش و شهر او رفت و از شکوه و زیبایی آنجا شگفت زده شد. هفت روز در سیاوَخشگِرد، مهمان سیاوُش بود. سپس به خُتَن و از آنجا به بارگاه افراسیاب رفت و در پاسخ افراسیاب که از سیاوش و شهر او پرسید، گفت:

---

۱. شادخواری: خوشگذرانی

۲. باژ و ساو: باج و خراج

۳. سیاوَخشگِرد: سیاووش کرد

یکی شهر دیدم که اندر زمین — نبیند دگر کس به ایران و چین

ز بس باغ و میدان و آب روان — برآمیخت گفتی خِرَد با روان

و از کاخی که سیاوُش برای فِریگیس ساخته و زیبایی آن گفت و اینکه سیاوش به توران دلبسته است و دیگر یادی از ایران و از کاوس نمی کند و پایان یافتن جنگ بین ایران و توران کاری بجا و درست بود.

افراسیاب از آنچه شنید، بسیار شادمان شد. به برادرش کرسیوز گفت که به سیاوَخشگِرد برود و هدیه هایی برای سیاوش و فِریگیس ببرد.

اگر آب دندان بُوَد[1] میزبان — در آن شهرِ خرم دو هفته بمان

رفتن کرسیوز به دیدار سیاوَخش

هنگامی که کرسیوز همراه با هزار سوار به سیاوَخشگِرد رسید، سیاوُش به پیشواز او رفت. آن دو یکدیگر را در آغوش گرفتند. سیاوُش از حال افراسیاب پرسید و او را به کاخ خود برد. روز بعد هردو بر اسب هایشان سوار شدند و همراه با بزرگان لشکر به تماشای شهر رفتند. پس از آن سیاوُش نوذر را به دیدار فِریگیس برد. فِریگیس بر تخت عاج نشسته بود و تاجی از فیروزه بر سر داشت. از تخت پایین آمد، به او خوشامد گفت و حال پدر را پرسید. کرسیوز با دیدن کاخ و تاج و تخت او و خدمتگزاران بسیاری که در خدمت او بودند،

به دل گفت : سالی دگر بگذرد — سیاوُش کسی را به کس نشمُرَد

همش پادشاهیست، هم تاج و گاه — همش گنج و هم بوم و بر، هم سپاه

---

۱. آب دندان بودن: موافق و مهربان

اما رشک و حسادت خود را پنهان کرد و به سیاوُش گفت که رنج هایی که کشیده، به بار آمده است و برای او آرزوی شادی و بهره گیری بیشتر از زندگی کرد. آن روز را به مهمانی در کاخ فِریگیس گذراندند. صبح فردا سیاوُش و کرسیوز برای چوگان بازی به میدان رفتند. پس از آن به تماشای نیزه انداختن سواران خود نشستند. کرسیوز به سیاوش گفت که وقت آن است که سیاوش نیز هنر خود را نشان دهد.

سیاوُش پذیرفت. پنج زره را به هم بستند و آن ها را در انتهای میدان گذاشتند. سیاوش نیزه ای را که کاوس در جنگ مازندران به کار برده بود و به یادگار به او داده بود، در دست گرفت و به طرف هر پنج زره پرتاب کرد. آنگاه به آسانی همهٔ آن ها را با نیزه بلند کرد و به گوشه ای انداخت. سواران کرسیوز کوشیدند که کار او را تکرار کنند، اما هیچ یک نتوانستند. پس از آن سیاوش دستور داد که دو سپر چوبین و دو سپر آهنین را روی هم بگذارند. ده تیر پیاپی به طرف سپرها انداخت. تیرهای او از هر چهار سپر گذشت. کرسیوز گفت وقت آن است که او و سیاوش، سوار بر اسب، با هم کشتی بگیرند تا ببینند کدام یک می تواند دیگری را از روی زین بلند کند. سیاوش از آن جهت که کرسیوز برادر پادشاه توران بود، نپذیرفت اما گفت که آماده است که با یکی از سواران او مسابقه بدهد.

یکی از مردان کرسیوز به نام گُروی پیش آمد. سیاوش هماورد [1] دیگری نیز خواست. دِمور هم پیش آمد. سیاوش سوار بر اسب پیش رفت و بی آنکه کمند بیندازد، کمربند گُروی را گرفت و او را از روی زین بلند کرد و میان میدان انداخت. آنگاه بی درنگ به طرف دِمور پیچید، سر و گردن او را گرفت و او را همچون موری از روی اسب بلند کرد و پیش کرسیوز آورد. پس از آن از اسب پیاده شد و بر تخت نشست.

---

۱. هماورد: حریف

کرسیوز یک هفته نزد سیاوش ماند. روز هشتم با مردان خود از سیاوَخشگِرد به راه افتاد. سیاوُش هدیه های بسیار به کرسیوز و همراهانش داد و نامه ای پر از ستایش و سپاس همراه با هدیه های فراوان برای افراسیاب فرستاد.

کرسیوز که دیدن دستگاه فرمانروایی سیاوش و فِریگیس رشک او را برانگیخته بود و هنرنمایی و زورآزمایی های او را با مردان سپاه خود، مایۀ سرافکندگی می دید در راه بازگشت با سرداران خود از سیاوش و از مهربانی های افراسیاب به او سخن گفت و اینکه نمی داند سرانجامِ آمدن این مرد به توران و به فرمانروایی رسیدن او در اینجا چه خواهد بود. با اینهمه وقتی به شهر رسید، نامه و هدیه های سیاوش را پیش افراسیاب برد. افراسیاب از خواندن نامه بسیار شادمان شد. اما کرسیوز تمام شب را در این اندیشه گذراند که راهی برای جدا کردن افراسیاب از سیاوش بیابد.

صبح فردا کرسیوز به دیدار افراسیاب رفت. با او تنها به گفت و گو نشست و گفت که برای افراسیاب نگران است و می ترسد به جان او آسیبی برسد. چرا که سیاوش فکرهای بدی در سردارد؛ سپاه بسیاری گرد آورده، پی در پی فرستاده هایی از طرف کاوس نزد او می آیند، از روم و چین نیز پیغام هایی به او می رسد و افراسیاب که می خواهد دو کشوری را که همچون آب و آتش، پیوسته با هم دشمن و در حال جنگ بوده اند، با هم آشتی دهد، مانند این است که بخواهد باد و طوفان را جایی پنهان کند و افزود که اگر آنچه را در این سفر دریافته بود، به افراسیاب نمی گفت، خود را پیش او بدنام و شرمسار می کرد.

افراسیاب از تصور گزندی که ممکن بود از طرف سیاوش به او برسد، غمگین شد. رو به کرسیوز کرد و گفت که بی گمان سخنان او از سرِ مهرِ برادری است. با اینهمه نامۀ سیاوش را

یک بار دیگر خواهد خواند و سه روز دربارهٔ آنچه از کرسیوز شنیده است، فکر خواهد کرد، و اگر از آن ها مطمئن شود، راه چاره ای برای آن خواهد یافت.

روز چهارم کرسیوز به دیدار افراسیاب رفت. افراسیاب گفت که او به خاطر خواب ترسناکی که پیش از این دیده بود، با سیاوش پیمان صلح بسته است، سیاوش نیز جدا شدن از پدر و از دست دادن تاج و تخت پادشاهی را به شکستن آن پیمان، ترجیح داده است. افراسیاب هم به او اعتماد کرده، دختر خود را به او داده و فرمانروایی بخشی از کشور را به او بخشیده، تاکنون هم از او بدی ندیده است. اکنون اگر بی هیچ دلیلی به او بدی کند، نه آفریدگار و نه بزرگان، این کار را نخواهند پسندید. بهتر است سیاوش را پیش خود بخواهد و او را از اینجا نزد کاوس بفرستد، تا اگر در فکر به دست آوردن پادشاهی است، آنجا به تاج و تخت برسد و از افراسیاب کینه ای به دل نگیرد. کرسیوز گفت که وقتی کسی را آن همه به خود نزدیک و از همهٔ رازهای خود باخبر کرده، درست نیست که او را ازخود براند. اگر سیاوش را به ایران برگرداند، بر زخم دیرین نمک می پاشد و دشمنی های پیشین، بیشتر خواهد شد.

افراسیاب سخنان کرسیوز را درست دید. با اینهمه گفت که شاید بهتر باشد سیاوش را بخواهد و با او سخن بگوید تا ببیند او چه خیال هایی در سردارد. کرسیوز گفت :

« سیاوش نه آنست که ش دید شاه   همی زآسمان بر گذارد کلاه

فریگیس را هم ندانی تو باز[1]   که گویی شده ست از جهان بی نیاز

اگر سیاوش به اینجا بیاید، سپاهیان تو به او گرایش پیدا می کنند و اگر به فکر چاره نباشی، بزودی مجبور خواهی شد از او فرمانبرداری کنی. بیهوده انتظار داری سیاوش قلمرو خودرا رها کند و اینجا به زیر فرمان تو دربیاید. »

---

۱. باز دانستن : شناختن ؛ به جا آوردن

سخنان کرسیوز در افراسیاب اثر کرد و او را به فکر واداشت. با اینهمه در تصمیم گرفتن شتاب نکرد.

کرسیوز گاه و بیگاه نزد افراسیاب می رفت و وسوسه های خود را تکرار می کرد. سرانجام افراسیاب از او خواست که به سیاوَخشگرِد برود و سیاوش و فریگیس را به آنجا دعوت کند.

رفتن کرسیوز به سیاوَخشگرِد

کرسیوز با چندتن از سرداران به سیاوَخشگرِد رفت. در نزدیکی شهر کسی را نزد سیاوُش فرستاد و به او پیغام داد:

به جان و سرِ شاهِ توران سپاه — به جان و سر و تاجِ کاوس شاه
که از بهر من برنخیزی ز گاه، — نه پیشِ من آیی پذیره به راه
که تو زان فزونی به فرهنگ و بخت — به فرّ و نژاد و به تاج و به تخت،
که هر باد [1] را بست باید میان [2] — تهی کردن آن جایگاهِ کیان [3]

سیاوش با شنیدن این پیغام به فکر فرو رفت و با خود گفت که رازی در این پیغام نهفته است، بی گمان کرسیوز فکری در سر دارد. با اینهمه هنگامی که کرسیوز به کاخ رسید، پیاده به پذیرهٔ او رفت و به او خوشامد گفت، او را به کاخ برد و از حال او و افراسیاب پرسید و زمانی که پیغام دعوت افراسیاب را شنید، صمیمانه خوشحال شد و گفت برای رفتن نزد افراسیاب

---

۱. باد: رویداد کوچک و جزیی
۲. میان بستن: آماده و مهیای کاری بودن
۳. کیان: جمع کی ؛ پادشاهان

آماده است. اما بهتر است کرسیوز سه روز بماند تا با هم به راه بیفتند. کرسیوز با خود اندیشید که اگر سیاوش به دیدار افراسیاب بیاید، بدگمانی افراسیاب به سیاوش از میان خواهد رفت و دروغ های او آشکار خواهد شد. حیله ای اندیشید. چهره ای غمزده به خود گرفت و خاموش ماند. سیاوُش سبب غمزدگی او را پرسید و گفت که اگر کسی با کرسیوز سرِ دشمنی دارد، یا میان او و برادرش، رنجشی پیش آمده، سیاوش می تواند او را کمک کند. کرسیوز گفت که او از سرشتِ انسان ها هراس دارد. خوب می داند که از آن زمان که تور دشمنی را آغاز کرد و ایرج را کشت، ایران و توران همچون آب و آتش با هم دشمن شدند و هیچگاه نسبت به هم احساس دوستی و ایمنی نکردند. افراسیاب از تور بدنهادتر است. تا آنجا که اغریرث، برادر ناتنی خود را کشته است. اکنون هم به سیاوش بدبین شده و کرسیوز سخت نگران اوست. سیاوش گفت که خدا با او یار است. افراسیاب اگر از او رنجشی در دل داشت، هرگز به او آن همه مهربانی و بخشش نمی کرد. با هم پیش او خواهیم رفت و بدگمانی او را از میان خواهیم برد.

هر آنجا که روشن شود راستی	فروغِ[1] دروغ آورد کاستی
نمایم دلم را به افراسیاب	درخشان تر از بر سپهر، آفتاب

اما کرسیوز در پاسخ گفت که سیاوش، افراسیاب را خوب نمی شناسد و با همهٔ دانش و هوشی که دارد، تفاوت بین مهربانی و حیله گری را نمی داند. افراسیاب نخست او را داماد خود کرد، پس از آن به او فرماندهی داد، تا صاحب قدرت و مغرور شود و بهانه ای برای کشتن او داشته باشد. سپس افزود که سیاوش با رها کردن پدر و آمدن به توران، درختی کاشته که میوه اش زهر و ریشه اش کَبَست است.

۱. فروغ: ارزش ؛ اعتبار

سیاوش با شنیدن سخنان کرسیوز دانست که آسمان مِهر خود را از او گرفته و روزگارِ گزند و تلخکامی فرا رسیده و چندان زنده نخواهد ماند. به کرسیوز گفت:

« من سزاوار بدی نیستم. تاکنون هیچکس از من گفتار و کردار بد ندیده است. از افراسیاب هم که مرا پناه داده، سرپیچی نخواهم کرد. هم اکنون بدون سپاه همراه با تو نزد افراسیاب خواهم آمد تا ببینم چرا از من رنجیده است. »

اما کرسیوز او را از این کار بازداشت و گفت:

« درست نیست که پیش افراسیاب بروی. کسی با پای خود به درون آتش نمی رود. بهتر است پاسخ نامه را بنویسی تا آن را برای افراسیاب ببرم و برای تو نزد او پایمردی[1] کنم. اگر بر سر مهر آمد، پیکی می فرستم و ترا باخبرخواهم کرد. اما اگر کوچکترین بداندیشی در او دیدم، به تو خبر می دهم تا کار را یکسره کنی. از اینجا می توانی به هر کشوری بروی. همه ترا دوست دارند و با آنکه خراجگزارِ افراسیابند، ترا می پذیرند. از اینجا تا چین و تا ایران راه درازی نیست. پدرت هم بی گمان آرزومند دیدار تست. هم به پادشاه چین و هم به کیکاوس نامه بنویس و آماده باش. »

سیاوش سخنان کرسیوز را باور کرد و گفت که حرف های او را می پذیرد، اما بهتر است کرسیوز نامهٔ او را نزد افراسیاب ببرد، شاید افراسیاب بدگمانی را کنار بگذارد و با او برسرِ مهر بیاید.

نامهٔ سیاوَخش به افراسیاب

سیاوش در نامه ای پرستایش، به افراسیاب نوشت که او و فرِیگیس از دعوت او بسیار شادمان شدند. اما فریگیس بیمار است و در بستر افتاده است. همینکه بهبودی بیابد، هردو به دیدار او

---

۱. پایمردی: شفاعت

خواهند رفت. نامه را به کرسیوز داد تا نزد افراسیاب ببرد. کرسیوز سه روزه خود را به درگاه افراسیاب رساند و هنگامی که افراسیاب سبب بازگشت شتابزدۀ او را پرسید، گفت :

« هنگامی که کار آشفته و بی سامان بشود، نباید وقت را از دست داد. سیاوش نه به پیشواز من آمد، نه نامۀ ترا خواند. مرا پایین تخت خود نشاند و به سخنان من گوش نداد. از ایران پیوسته نامه هایی به او می رسد. اگر سپاهی را که از روم و چین فراهم کرده، به ایران ببرد، دیگر هیچکس یارای رویارویی با او را نخواهد داشت. تو اگر درنگ کنی، همه چیز را از دست خواهی داد. »

افراسیاب با شنیدن این سخنان چنان خشمگین شد که بی آنکه پاسخ کرسیوز را بدهد، با سپاهی بزرگ از کَنگ به طرف سیاوَخشگرِد به راه افتاد تا باز هم درختی از کینه و دشمنی بکارد.

سیاوُش پس از رفتن کرسیوز با رنگی پریده و با تنی لرزان به شبستان رفت. و در پاسخ فرِیگیس که سبب پریشانی او را پرسید، گفت:

« از این پس در توران پایگاه و جایگاهی ندارم. از گفته های کرسیوز پیداست که همۀ راه ها بر من بسته است.»

فریگیس هنگامی که از آنچه پیش آمده بود، باخبر شد، اشکریزان و بر سر و روی زنان از سیاوش پرسید:

« چه خواهی کرد؟ کیکاوس از تو دل آزرده است، به ایران که نمی توانی بروی. روم هم که بسیار دور است. رفتن به چین را هم که خوش نداری. به که پناه می بری؟ »

سیاوش گفت که نگران نباشد. بزودی کرسیوز برمی گردد و چه بسا خبر خوبی برای آن ها بیاورد.

خواب دیدن سیاوَخش

سه روز گذشت. شب چهارم سیاوش در خواب دید که در کنار روخانهٔ پهناوری ایستاده است، پشت سر او آتشی بزرگ شعله می کشد. در آن طرف رودخانه سوارانی نیزه به دست صف کشیده اند و افراسیاب سوار بر پیل با چهره ای درهم به او خیره شده است. با فریاد از خواب پرید و خوابش را برای فرِیگیس بازگو کرد. فرِیگیس او را دلداری داد و گفت که این خواب نشانهٔ خوبی و خوشی است. شومی آن به کرسیوز برمی گردد که بزودی به دست خاقان چین کشته خواهد شد.

اما سیاوش آرام نگرفت. صبح فردا سپاهیان را خواست. گروه طلایه [1] را به طرف کَنگ فرستاد. شب هنگام یکی از آن سواران خبر آورد که افراسیاب با سپاهی بزرگ به شهر نزدیک می شود. از طرف کرسیوز نیز پیکی از راه رسید، تا به سیاوش بگوید که سخن گفتن با افراسیاب سودی نداشت و از این آتش جز دود برنخاست. بهتر است جان خود را نجات دهد. سیاوش گفته های کرسیوز را راست پنداشت. فریگیس به او گفت که منتظر نماَند، بی درنگ سوار شود و از توران برود. سیاوش گفت:

« آنچه در خواب دیده بودم، همان شد. روزگارم آشفته و مرگم ناگزیر است. بزودی کودکی که در بطن داری، به دنیا خواهد آمد. اگر پسر بود ، نام او را کیخسرو بگذار و از او به خوبی نگهداری کن. چرا که پادشاهی نامور خواهدشد. »

و پیش بینی کرد:

« بستر مرگ من توران خواهد بود. بزودی بی هیچ گناهی، به فرمان افراسیاب سرم را خواهند برید. کفن و تابوت و گوری نخواهم داشت. همچون غریبان پیکرم بر زمین خواهد ماند. دژخیمان افراسیاب ترا سر و تن برهنه از اینجا خواهند برد. پیران پیش افراسیاب پایمردی [2]

---

۱. طلایه: دسته ای از سپاهیان که پیشاپیش سپاه حرکت و از آن محافظت می کردند یا برای کسب اطلاع به حوالی دشمن فرستاده می شدند.

۲. پایمردی: شفاعت

خواهد کرد و جان ترا نجات خواهد داد. کسی از ایران خواهد آمد و تو و کیخسرو را پنهانی به ایران خواهد برد. کیخسرو در آنجا پادشاه خواهد شد. سپاهیان بسیاری به خونخواهی من به توران خواهند آمد. جنگ های بسیاری درمی گیرد که سال ها به درازا خواهد کشید. اما تو شکیبا و استوار باش. »

فریگیس زاری کنان و اشک ریزان در او آویخت. سیاوُش با دلی پردرد از او جدا شد و به اصطبل رفت. افسار و دهنهٔ اسب سیاهرنگش، بهزاد را برداشت، سر او را در آغوش گرفت و بوسید و در گوش او گفت که رام هیچکس نشود و به هیچکس سواری ندهد، مگر روزی که کیخسرو برای کین خواهی به جست و جوی او بیاید و او را پیدا کند. او را رها کرد تا به دشت برود. پس از آن اسب های دیگر خود را پی کرد[1]. و با سواران خود به طرف ایران به راه افتاد.

رسیدن افراسیاب به سیاوَخشگرِد

سیاوُش بیش از نیم فرسنگ از شهر دور نشده بود که افراسیاب با لشکریانش به او رسیدند.
افراسیاب وقتی آن ها رادید، با خود گفت: « گفته های کرسیوز درست بود. »
سیاوش پیش رفت و حال او را پرسید. سپاهیان توران که جنگ کردن با سیاوش را خوش نداشتند، آرامشی یافتند. لشکریان سیاوش خود را برای جنگ آماده کردند. اما سیاوش آن ها را بازداشت و گفت که قصد جنگیدن ندارد و رو به افراسیاب گفت:

چرا جنگجوی آمدی با سپاه ؟ — چرا کشت خواهی مرا بی گناه؟
سپاهِ دو کشور پر از کین کنی — زمان و زمین پر ز نفرین کنی

۱. پی کردن: رگ و پی پاشنهٔ چارپایان را بریدن و قدرت حرکت را از آن ها گرفتن

کرسیوز پیش آمد و گفت:

« اگر بیگناهی، چرا زره پوشیده و با ابزار جنگ به پیشواز شاه آمده ای؟ »

افراسیاب بی درنگ فرمان حمله داد. یاران سیاوش که بیش از هزار نفر نبودند، همگی کشته شدند. سیاوش زخمی شد و از اسب بر زمین افتاد. گُروی زره پیش آمد و دست او را بست. تسمه ای بر گردن سیاوش بستند و او را که خون از سر و صورتش می ریخت، پیاده به سیاوَخشگِرد کشیدند. افراسیاب دستور داد او را از آنجا ببرند و در بیابانی خشک که هیچ گیاهی درآن نمی روید، سرش را با خنجر جدا کنند. پیلسَم، برادر کوچک پیران کوشید افراسیاب را از کشتن سیاوش باز دارد. پس به او گفت که با کشته شدن سیاوُش، پدرش کاوس، رستم و دیگر سرداران ایران به کین خواهی او خواهند آمد و هیچکس یارای رویارویی با آن ها را نخواهد داشت. پس بهتر است سیاوُش را تا روز بعد که پیران به آنجا می آید، دربند نگه دارد، رای او را هم بپرسد. چه بسا نیازی به کشتن سیاوش نباشد.

اما کرسیوز که کینهٔ سیاوش را در دل داشت، و برآن بود که خون او را بریزد، به افراسیاب گفت:

« حال که دم مار را لگد کرده ای، می خواهی با او مهربانی کنی؟ اگر سیاوش را ببخشی، من در کنار تو نمی مانم و از بیم او به جایی دور پناه می برم. »

دمور و گُروی نیز پیش آمدند و گفتند که از ریختن خون سیاوش واهمه نداشته باشد. حال که همه چیز فراهم شده، آشتی کردن بی جاست. بهتر است سخنان کرسیوز را بپذیرد و دشمن را ازمیان بردارد. افراسیاب گفت:

« من از سیاوش گناهی ندیده ام، اما ستاره شناسان گفته اند که از او رنج و سختی های بسیار به من خواهد رسید. می دانم که اگر او را بکشم، از ایران طوفان برخواهد خاست. رها کردن و کشتن او هردو مایهٔ درد و رنج من است. »

از سوی دیگر فِریگیس که خبرها را شنیده بود، مویه کنان پیاده خود را به افراسیاب رساند.

بدو گفت : کای پرهنر شهریار — چرا کرد خواهی مرا خاکسار
دلت را چرا بستی اندر فریب — همی از بلندی نبینی[1] نشیب ...
درختی نشانی همی در زمین — کجا[2] برگ، خون آورد، بار، کین
به کین سیاوُش سیه پوشد آب — کند روز نفرین بر افراسیاب

و هنگامی که چشمش به سیاوش افتاد، فریاد و فغانش به آسمان رسید. دل افراسیاب به درد آمد، با اینهمه دستور داد که فِریگیس را به کاخ او ببرند و در اتاقی زندانی کنند.

کشته شدن سیاوَخش

در این میان کرسیوز نگاهی به گُروی کرد. گُروی پیش آمد، موهای سیاوش را گرفت و او را روی زمین کشید.

سیاوُش بنالید با کردگار — که ای برتر از جای و از روزگار
یکی شاخ[3] پیدا کن از تخم[4] من — چو خورشید ، تابنده بر انجمن
که خواهد از این دشمنان کین من — کند تازه در کشور آیین من

سیاوش به پیلسَم که غمزده و گریان به دنبال او می رفت گفت:

« درود مرا به پیران برسان و به او بگو که امید داشتم همانگونه که گفته بودی اگر چنین روزی برای من پیش بیاید، به یاری ام بیایی، اما اکنون که به خاک افتاده ام، هیچ یار و یاوری ندارم. »

---

۱. دیدن: تشخیص دادن
۲. کجا: که
۳. شاخ: فرزند
۴. تخم: نژاد

کرسیوز و گُروی از شهر بیرون رفتند. گروی همچنان موهای سیاوش را گرفته بود و او را بر خاک بیابان می کشید. هنگامی که به بیابان و به جایی که قرار بود، رسیدند. گُروی خنجر را از کرسیوز گرفت، تشت زرینی بر زمین گذاشت، سر سیاوُش را در آن گرفت و با خنجر از تن جدا کرد. پس از آن همانگونه که افراسیاب دستور داده بود، تشت را که از خون سیاوش پر بود، در زمینی خشک و بی آب و گیاه، خالی کرد. همینکه خون سیاوش برخاک جاری شد،

یکی باد با تیره گردی سیاه　　　برآمد بپوشید خورشید و ماه

کسی یکدگر را ندیدند روی　　　گرفتند نفرین همه بر گُروی

با رسیدن خبر کشته شدن سیاوش فریاد و فغان از کاخ سیاوش بلند شد. فریگیس گیسوان خود را برید، صورت خود را با ناخن خراشید و افراسیاب را نفرین کرد. افراسیاب با شنیدن مویه های او به کرسیوز دستور داد که فریگیس را از کاخ بیرون بکشد و به دست دُژخیمان بدهد تا او را آن قدر بزنند که جنینی که در بطن دارد، سِقط شود.

نخواهم ز بیخِ سیاوش درخت　　　نه شاخ و نه برگ و نه تاج ونه تخت

پیلسم هراسان پیش لَهّاک و فرشیدورد رفت تا راهی برای نجات فِریگیس بیابند. هرسه بر آن شدند که خود را به پیران برسانند و به او خبر بدهند. پیران با شنیدن آنچه بر سیاوش گذشته بود،

همه جامه ها بر تنش کرد چاک　　　همی کند موی و همی ریخت خاک

آن ها به او گفتند که اگرشتاب نکند، فریگیس نیز جان خود را از دست خواهد داد و دردی دیگر بر این درد افزوده خواهد شد.

پیران هنگامی به کَنگ رسید که دژخیمان افراسیاب شمشیر کشیده بودند تا خون فریگیس را بر زمین بریزند. بی درنگ آن ها را از آن کار بازداشت. شتابان و خشمگین نزد افراسیاب رفت و او را سرزنش کرد:

« چند سالی جهان آرام و از جنگ و بدی فارغ بود، فریب اهریمن را خوردی و سیاوش را بی گناه کشتی. اکنون نیز قصد جان دخترت را که کودکی در بطن دارد، کرده ای. بی گمان روزی از کارهای خود پشیمان خواهی شد. فریگیس را به کاخ من بفرست. اگر از کودک او بیم داری، من او را هنگامی که به دنیا بیاید، پیش تو خواهم آورد، تا آنگونه که دلخواه تست، با او بدی کنی. »

افراسیاب پذیرفت. پیران فریگیس را به خُتَن برد و او را به گلشهر سپرد و به او گفت که از او همچون امانتی نگه داری کند.

فریگیس به ماه های آخر بارداری رسید.

زادن کیخسرو

در شبی سیاه و تاریک، همچون قیر که ماه نمی تابید و همهٔ موجودات در خواب بودند، پیران در خواب دید که شمعی از نور آفتاب روشن شد، سیاوش که در کنار شمع با شمشیری در دست ایستاده بود، او را صدا زد و گفت:

از این خوابِ نوشین سر آزاد کن   ز فرجام گیتی یکی یاد کن
که روزی نو آیین و جشنی نوست   شبِ سورِ آزاده کیخسرو ست

پیران لرزان از خواب پرید. گلشهر را بیدار کرد و به اوگفت که بی درنگ به دیدار فریگیس برود. چون سیاوش با چهره ای شاد و روشن به خواب او آمده و از جشن کیخسرو خبرداده است. گلشهر بی درنگ نزد فریگیس رفت و دید که کودکی به دنیا آورده است. شادمان پیش پیران برگشت و مژدهٔ تولد کیخسرو را به او داد.

هنگامی که پیران به دیدار فریگیس و نوزاد او رفت، به یاد سیاوش به گریه افتاد و گفت:

« اگر افراسیاب خون مرا هم بریزد، هرگز نخواهم گذاشت به این کودک دست پیدا کند. »

صبح فردا، هنگامی که خورشید شمشیر کشید و ابر سیاه شب را از میان برداشت، پیران نزد افراسیاب رفت و او را از زادن کیخسرو باخبر کرد:

نمانَد زخوبی به گیتی به کس تو گفتی که بر گاه، ماهست و بس

وُگر تور را روز باز آمدی به دیدارِ چهرش نیاز آمدی

فریدون گُردست گویی به جای به فرّ و به چهر و به دست و به پای

افراسیاب با شنیدن این خبر کینه های گذشته را فراموش کرد. به یاد سیاوش آهی کشید و گفت که به او گفته اند که این کودک تورانیان را به فرمان خود در خواهد آورد. بی گمان هرچه تقدیر است، همان خواهد شد. اما پیران باید او را به چوپانان بسپارد تا در میان آن ها بزرگ شود و هرگز به اصل و نژاد خود پی نبرد. پیران کودک را به چوپانی سپرد، دایه ای برای او گرفت و از آن ها خواست که از او به خوبی نگهداری کنند.

کیخسرو در خانهٔ چوپان بزرگ شد. هرچه بزرگتر می شد، اصل و نژاد او در حرکات و رفتارش آشکارتر می شد. در هفت سالگی از تکه چوبی خمیده، کمانی درست کرد و با تیری که ساخت

به شکار آهو رفت. ده ساله که شد با همان تیر و کمان، خرس و گراز شکار کرد و به فکر شکار شیر و پلنگ افتاد. چوپان از بیم اینکه گزندی به او برسد، پیش پیران آمد و از جسارت های او گلایه کرد.

پیران همان روز به خانهٔ چوپان رفت و هنگامی که کیخسرو را دید، شگفت زده از چهره و رفتار شاهانه اش، او را درآغوش گرفت و نوازش و ستایش کرد. کیخسرو که از مهربانی های پیران شگفت زده شده بود، جسورانه از پیران پرسید که چرا او که مردی بزرگ است و مقامی بلند دارد، به چوپان زاده ای همچون او، این همه مهربان است؟ پیران راز تولد کیخسرو را برای او فاش کرد. سپس دستور داد برای او لباس پادشاهی و اسب آوردند و او را به کاخ خود برد. اما از بیم گزندی که ممکن بود افراسیاب به کودک برساند، آرام و خواب نداشت.

چندی گذشت. یک شب دیرگاه افراسیاب کسی را پیش پیران فرستاد و او را به بارگاه خود خواست. هنگامی که پیران نزد او رفت، افراسیاب گفت:

« خواب وآرامشِ خود را به خاطر پسر سیاوش از دست داده ام. از یک سو روا نمی دارم نبیرهٔ فریدون پیش چوپانی بزرگ شود، ازسوی دیگر و با آنکه می دانم که سرنوشت را نمی توان دگرگون کرد، اگرروزی این کودک از گذشتهٔ خود آگاه شود و بخواهد با من بدی کند، او را همچون سیاوش خواهم کشت. »

پیران گفت که اگرچه کودک بیشتر به مادر خود وابستگی دارد، اما با خوی و رفتار کسی که از او نگهداری می کند، بزرگ می شود. روز بعد کیخسرو را نزد افراسیاب خواهد برد تا او ببیند که از نژاد پدری خود بهره ای ندارد.

و از افراسیاب پیمان گرفت که به کیخسرو آسیبی نرساند.

رفتن پیران و کیخسرو نزد افراسیاب

آن شب پیران شاد و سرخوش به کاخ بازگشت و به کیخسرو گفت که روز بعد او را نزد افراسیاب خواهد برد، اما باید به پرسش های افراسیاب، پاسخ های پراکنده بدهد تا او گمان کند که از عقل و خرد بهره ای ندارد.

صبح فردا کیخسرو جامه ای شاهانه پوشید، بر اسب سوار شد و همراه با پیران نزد افراسیاب رفت. افراسیاب با دیدن کیخسرو به لرزه درآمد و شرمگین شد. پس از آن پرسش هایی از او کرد و از پاسخ های ابلهانه و پراکنده ای که شنید، به خنده افتاد. رو به پیران کرد و گفت:

« این کودک توان درست اندیشیدن ندارد، بد و نیک را نمی شناسد و نمی تواند از کسی کینه ای به دل داشته باشد. »

و دستورداد که پیران، او را نزد فریگیس ببرد و هردو آن ها را به سیاوَخشگِرد بفرستد.

با رسیدن فریگیس و کیخسرو به سیاوَخشگِرد، مردمی که پس ازکشته شدن سیاوُش از آنجا رفته بودند، به شهر برگشتند و از بازگشت آن دو شادی ها کردند. سیاوخشگِرد که رو به ویرانی گذاشته بود، بار دیگر سبز و خرم و آباد شد.

زخاکی که خون سیاوُش بخَورد — به ابر اندر آمد یکی سبز نَرد[1]
نگاریده بر برگ ها چهر اوی — همی بوی مشک آمد از مهر اوی
به دی مه بسان بهاران بُدی — پرستشگه سوگواران بُدی

۱. نَرد: تنه و ساقهٔ درخت

داستان کین سیاوَخش

هنگامی که خبر کشته شدن سیاوُش را به کاوس دادند، سخت پریشان شد، جامهٔ خود را درید و مویه و زاری بسیار کرد. سرداران سپاه و همهٔ ایرانیان جامهٔ سیاه پوشیدند و سوگواری ها کردند. بزودی این خبر به زاولستان رسید. رستم و زال یک هفته سوگواری کردند. روز هشتم رستم با سپاهیان خود به درگاه کاوس رفت و او را سرزنش کرد که با خوی بد خود و با مهری که به سوداوه دارد، سیاوش را به کشتن داده است و بر سیاوش سخت افسوس خورد:

ز شاهان کسی چون سیاوُش نبود — چُنین راد [1] و آزاد و خامُش نبود

چو بر گاه بودی، دُر افشان [2] بُدی — چو در جنگ بودی، سَرافشان [3] بُدی

کنون من دل و مغز تا زنده ام — برین کینه از آتش آگنده ام [4]

همه جنگ با چشمِ گریان کنم — جهان چون دلِ خویش بریان کنم

---

۱. راد: آگاه و دانا

۲. دُر افشان: بخشنده

۳. سرافشان: نابود کننده

۴. آگَنده کردن: پر و انباشته کردن

کاوس از شرم در برابر سرزنش های رستم خاموش ماند و گریست. رستم به کاخ سوداوه رفت، موهای او را گرفت، از شبستان بیرون کشید و در برابر چشمان کاوس او را با خنجر به دونیم کرد.

رستم پس از یک هفته سوگواری، سرداران ایران را گرد آورد و به آن ها گفت ترس را کنار بگذارند و برای کین خواهی سیاوش آماده شوند و گفت که تا زنده است، از درد کشته شدن سیاوش، در رنج است. یا گُروی او را نیز همانند سیاوش دست بسته بر خاک می کشد و سرش را همچون گوسپند می بُرد، یا او با گرز و شمشیر به کین خواهی سیاوُش برمی خیزد و رستاخیزی برپا می کند. و سوگند خورد که تا کین سیاوش را نگیرد، جامهٔ جنگ را از تن بیرون نخواهد آورد.

پس از یک هفته سوگواری، پهلوانان و سرداران ایران برای جنگ آماده شدند.

جهان شد پر از کین افراسیاب   به دریا تو گفتی به جوش آمد آب

رستم دو هزار تن از دلاوران شمشیرزن را به پسرخود، فرامرز سپرد و آن ها را پیشاپیش به سِپیجاب (سِپَنجاب) در مرز توران فرستاد. هنگامی که دیدبان خبر نزدیک شدن سپاهیان ایران را به وَرازاد، فرمانروای سِپیجاب داد، او سی هزار شمشیرزن را از شهر بیرون کشید. هردو سپاه با هم روبرو شدند. وَرازاد پیش آمد و از فرامرز نام او را پرسید. فرامرز پاسخ داد: « من فرزند پهلوانی هستم که شیر از بیم او به لرزه درمی آید و پیل از بیم خشم او جان می دهد. نیازی نیست نام خود را به تو بگویم. رستم که به کین خواهی سیاوُش کمر بسته است، بزودی از راه می رسد، این مرز و بوم را به آتش می کشد و دود از آن بر می آوَرَد. »

وَرازاد و فرامرز هردو به سپاهیان خود فرمان حمله دادند. فرامرز در یک حمله هزارتن و در حملهٔ دیگر هزار و دویست تن از سپاهیان وَرازاد را از پا درآورد. دیگر سپاهیان وَرازاد به فرمان او از میدان گریختند. اما فرامرز نیزه در دست، وَرازاد را دنبال کرد. نیزه ای بر کمربند او زد و او را همچون پشه ای از روی زین برداشت و بر زمین انداخت. سیاوش را درود داد و سرِ وَرازاد را از تن جدا کرد. پس از آن شهر را به آتش کشید. آنگاه نامه ای به رستم نوشت و خبر پیروزی خود را به او داد.

افراسیاب هنگامی که خبر شکست وَرازاد و ویران شدن سِپیجاب را شنید، به یاد پیشگویی های ستاره شناسان افتاد و سخت پریشان شد. همهٔ بزرگان کشور را خواست و دستور داد که تا آنجا که می توانند سپاه و اسب و ابزار جنگ فراهم آورند. سپس سپاه بزرگ خود را از کَنگ بیرون آورد. نخست ده هزار سپاهیِ شمشیرزن را به پسرش سُرخه سپرد تا پیشاپیشِ سپاه به جنگ فرامرز برود. جنگ درگرفت. در گرماگرم جنگ، سرخه با دیدن درفش فرامرز، تیر و کمان را کنار گذاشت و با نیزه به طرف او تاخت. فرامرز نیز از میانهٔ سپاه، نیزه در دست اسب خود را به طرف سُرخه راند و همین که به نزدیکی او رسید، نیزه را پیش برد و او را همچنان که بر زین نشسته بود، به جلو کشید. سران سپاه توران، برای یاری سرخه به طرف او تاختند و با فرامرز به سختی جنگیدند. نیزهٔ فرامرز تکه تکه شد. سرخه دانست که توان جنگ با فرامرز را ندارد و خواست از آنجا دور شود، اما فرامرز شمشیر به دست و نعره زنان او را دنبال کرد و همین که به سرخه رسید، دست پیش برد، کمربند او را گرفت، از روی زین بلند کرد و بر زمین انداخت و او را پیاده به طرف لشکرگاه ایرانیان کشید. در همان زمان درفش رستم از دور پیدا شد، فرامرز همچون باد خود را به او رساند و سرخه را دست بسته پیش او برد. رستم

دستور داد تا دژخیمان او را که جوانی برومند و نیرومند بود، به بیابان ببرند و همانگونه که گُروی، سیاوُش را کشت، نابود کنند. سُرخه از طوس درخواست کرد که از خون او بگذرد و گفت که دوست و همسال سیاوش بوده و از اینکه پدرش، فرمان کشتن او را داده، دلش به درد آمده است. طوس نزد رستم برگشت و کوشید که او را از فرمانی که داده بود، باز دارد. اما رستم گفت همانگونه که کاوس از مرگ سیاوُش داغدار و سوگوار شد، افراسیاب نیز باید تا ابد سوگوارِ مرگ فرزند خود بماند. و زواره را فرستاد تا از دژخیمان بخواهد که فرمان او را انجام دهند.

سپاهیان توران خبر کشته شدن سرخه را برای افراسیاب بردند.

نگون شد سر و تاج افراسیاب — همی کند موی و همی ریخت آب
خروشان به سر بر پراگند خاک — همه جامهٔ خسروی کرد چاک

و خشمگین و داغدارِ مرگ پسر، رو به میدان جنگ گذاشت. رستم نیز با شنیدن خبر نزدیک شدن سپاه توران با سپاه خود پیش آمد. هوا از گرد و خاک هردو سپاه تیره و تار شد، گویی خورشید و ماه در رنگ فرو رفته اند و ستاره در چنگ نهنگ گرفتار شده است.

پیلسَم از میان سپاه توران نزد افراسیاب رفت و گفت:

« اگر اسب و جوشن و کلاهخود و شمشیری خوب به من بدهی، من امروز به جنگ رستم خواهم رفت و اسب و گرز و شمشیر و سر او را پیش تو خواهم آورد. »

افراسیاب شادمان شد و به او گفت که اگر رستم را شکست دهد، او دختر خود را و بخشی از ایران و توران را به او خواهد بخشید. پیران، برادر پیلسم از اندیشهٔ روبرو شدن او با رستم به هراس افتاد و به افراسیاب گفت که پیلسم جوان است و فرجام جنگ با رستم را نمی داند. اگر کشته شود، سپاهیان دلشکسته و نومید خواهند شد. پیلسم گفت که توان رویارویی با رستم را

دارد و مایهٔ سرشکستگی افراسیاب نخواهد شد. افراسیاب دستور داد که به پیلسم اسب و ابزار جنگیِ دلخواه او را بدهند.

پیلسم همچون شیر به طرف سپاه ایران تاخت و نعره زد که برای جنگ با رستم آمده است. گیو پیش رفت و به او گفت که رستم از جنگیدن با جوان ترکی همچون او ننگ دارد. جنگ بین آن دو در گرفت. با ضربهٔ نیزهٔ پیلسم هردو پای گیو از رکاب اسب بیرون آمد. فرامرز به یاری گیو رفت و با شمشیر، نیزهٔ پیلسم را شکست و شمشیر او را چند پاره کرد. رستم از میانهٔ سپاه آن ها را دید. دانست این سوار که توان رودر رو شدن با دو پهلوان ایرانی را دارد، کسی جز پیلسم نیست. پیش ازآن اخترشناسان به او گفته بودند که اگر روزی پیلسم از بدِ روزگار به جنگ ایرانیان بیاید، مرگ پیلسم به دست او خواهد بود. پس به سپاهیان گفت که هیچکدام پیش نروند تا خود با پیلسم بجنگد و زور و توان او را بیازماید. آنگاه نیزه ای سنگین در دست گرفت و از میانهٔ سپاه به طرف آن ها تاخت. بی درنگ نیزه را بر کمرگاه پیلسم زد، او را همچون گوی از روی زین بلند کرد، به طرف سپاه توران برد و در آنجا بر زمین انداخت. سپاهیان توران دلشکسته و خشمگین به طرف ایرانیان تاختند. هردو سپاه به جنب و جوش درآمدند و جنگی سخت درگرفت.

همه سنگ، مرجان شد و خاک، خون — بسی سَروَران را سران شد نگون
بکشتند چندان ز هر دو گروه — که شد خاک، دریا و هامون، چو کوه

ناگهان بادی تند وزید و هوا ازگرد و خاک تیره و تار شد. به گونه ای که سپاهیان ایران و توران یکدیگر را باز نمی شناختند. در این میان افراسیاب با دیدن درفش کاویانی، رستم را در میان سپاه یافت و به طرف او تاخت. رستم نیز درفش سیاه افراسیاب را شناخت و رَخش را به طرف او راند. جنگ بین آن دو درگرفت. افراسیاب نیزه ای بر کمر رستم زد. نیزه از

کمربند او گذشت اما به ببرِ بیان او کارگر نشد. رستم نیز با نیزه به افراسیاب حمله کرد، نیزه به پهلوی اسب او فرو رفت. اسب و سوار هردو بر زمین غلتیدند. هومان به کمک افراسیاب شتافت و با گرز ضربه ای به شانهٔ رستم زد، افراسیاب بی درنگ بر اسب تازه نفسی نشست و از میدان جنگ گریخت. رستم سه فرسنگ او را دنبال کرد. پس از آن به لشکرگاه خویش بازگشت.

آن روز ایرانیان آنچه را که از ابزار جنگ بر جای مانده بود، به دست آوردند.

پادشاهی رستم بر توران زمین

صبح فردا هنگامی که خورشید از کوه سر زد و بر شبِ سیاه رنگ، یاقوت پراکند، رستم با لشکریان خود به طرف کَنگ به راه افتاد. همینکه افراسیاب خبر حملهٔ او را شنید، با سپاهیان خود از آنجا گریخت و خود را به دریای چین رساند. رستم به کَنگ رسید، بر تخت افراسیاب نشست و همهٔ آنچه را که از گنج های او به دست آورد، میان سپاهیان بخش کرد. آنگاه منشور فرمانروایی بخش هایی از توران را به سرداران ایران داد. پادشاهان چین و ماچین که خبر آمدن رستم را به توران شنیده بودند، با هدیه های بسیار به دیدار او آمدند، رستم آن ها را امان داد. از آن پس رستم و سرداران ایرانی زمانی دراز در توران ماندند.

یک روز زواره که برای شکار گورخر به بیشه ای بزرگ و سبز و خرم رفته بود، از راهنمایی که او را به آنجا برده بود، شنید که آن بیشه پیش از آن شکارگاه سیاوُش بوده و او آنجا را بسیار دوست می داشته است. با شنیدن سخنان آن مرد، اندوه مرگ سیاوش در دل زواره تازه

شد و به گریه افتاد. هنگامی که سرداران دیگر از راه رسیدند، زواره پیش آنً ها سوگند خورد که از این پس در پی شکار نخواهد رفت و تا روزی که کین سیاوش را نگیرد، آرام نخواهد گرفت. بی درنگ نزد رستم رفت و به او پرخاش کرد که اگر برای کین خواهی سیاوُش به توران آمده اند، چرا آنجا را همچنان آباد گذاشته اند و هشدار داد که کین خواهی سیاوش را که همتای او هرگز و در هیچ روزگاری پیدا نخواهد شد، فراموش نکند.

سخنان زواره، رستم را برانگیخت. فرمان داد که سپاهیان ایران شهرهای توران را تاراج کنند. پس از آن سرداران سپاه چون بیم داشتند که افراسیاب با شنیدن خبر تاراج شهرها، به ایران حمله کند و کاوسِ پیر توانایی رویارویی با او را نداشته باشد، به ایران برگشتند.

افراسیاب همین که شنید رستم و دیگر سرداران ایران به آن سوی جیحون رفته اند، به کنگ برگشت و سرزمین خود را زیر و زبر شده دید:

نه اسپ و نه گنج و نه تاج و نه تخت　　　نه شاداب بر شاخ، برگِ درخت

جهانی بر آتش بر افروخته　　　همه کاخ ها کنده و سوخته

و خشمگین از آنچه بر کشور او رفته بود، به ایران تاخت و بسیاری از شهرها را ویران کرد.

پس از آن در ایران روزگاری سخت پیش آمد؛

ز باران هوا خشک شد هفت سال　　　دگرگونه شد بخت و برگشت حال

شد از رنج و تنگی[1] جهان پر نیاز　　　برآمد بر این روزگاری دراز

---

۱. تنگی : تنگسالی ؛ قحطی

خواب دیدن گودرز

گودرز شبی در خواب دید که ابری پرباران در آسمان ایران پیدا شد و سروش [1] از میان آن ابر به او گفت:

« اگر می خواهید از افراسیاب و از خشکسالی رهایی بیابید، پسر سیاوُش را که در توران است و کیخسرو نام دارد، به ایران بیاورید، این جوان به خونخواهی پدرش با افراسیاب خواهد جنگید و توران را زیر و زبر خواهد کرد. »

گودرز همین که از خواب بیدار شد، پسر خود گیو را خواست و خواب خود را برای او بازگو کرد و گفت:

« شوربختی و رنجی که ایرانیان را در خود گرفته، از آن است که کاوس از رسم و راه پادشاهی دور افتاده و دیگر از فرّ و شکوه پادشاهی در او نشانی نیست. اکنون تو باید به توران بروی و کیخسرو را بیابی و به ایران بیاوری تا در ایران پادشاهی جوان بر تخت بنشیند. سروش به من گفته است که از میان پهلوانان ایران تنها گیو است که می تواند او را بیابد. »

گیو گفت که خود به تنهایی به توران خواهد رفت و برای این کار تنها به یک اسب، یک کمند، یک شمشیر و جامه ای نظیر جامهٔ هندوان نیاز دارد. و از گودرز خواست که او را دعا کند. و بی درنگ به طرف توران به راه افتاد.

---

۱. سروش: فرشتهٔ پیام آور

داستان رفتن گیو به ترکستان

گیو سوار بر اسب خود را به توران رساند. هرجا کسی را تنها می دید، از او به زبان ترکی نشانی کیخسرو را می پرسید و اگر از کیخسرو نشانی نداشت، او را از میان می برد، تا خبر جست و جوی او به گوش دیگران نرسد. گیو هفت سال در توران سرگردان بود. سرانجام روزی به بیشه ای سبز و خرم رسید، از اسب پیاده شد، آن را در سبزه زار رها کرد. خسته و فرسوده بود. در کنار جویبار پر آبی دراز کشید. از جست و جوی خود ناامید و پشیمان شده بود و با خود می اندیشید که مبادا کسی که در خوابِ گودرز آن نشانی ها را به او داده، اهریمن بوده و چه بسا کیخسرو هرگز از مادر زاده نشده و یا اگر زاده شده، روزگار او را نابود کرده باشد. کمی بعد برخاست و در بیشه به راه افتاد. ناگهان از دور چشمه ای درخشان دید. جوانی در کنار آن چشمه نشسته بود و جامی پر از شراب در دست داشت.

ز بالای او فرّهٔ ایزدی[1] پدید آمد و رایت[2] بِخرَدی[3]

۱. فرّهٔ ایزدی: در نظر ایرانیان قدیم نیرویی فوق طبیعی و رازآمیز که پیروزی شاهان از اوست و آنان با داشتن آن دست به کارهای بزرگ می زنند. آنرا فروغی می دانسته اند که بر دل می تابد.

۲. رایت: نشان

۳. بخردی: خردمندی

چنین به نظر می آمد که پادشاهی است که بر تخت عاج نشسته و تاجی از بیجاده[1] بر سر

دارد. با خود گفت که این جوان کسی جز کیخسرو نیست. پیاده، شتابان نزد او رفت؛ گنجی را

که در جست و جوی آن بود، یافته بود. کیخسرو نیز هنگامی که گیو را از دور دید، شادمان

شد و با خود گفت: « این مرد دلاور گیو است. به جست و جوی من آمده تا مرا به ایران ببرد و

پادشاه کند. »

گیو همینکه به کیخسرو رسید، به او گفت:

« گمان می کنم تو پسر سیاوُش باشی. »

کیخسرو در پاسخ او گفت:

« تو نیز گیو پسر گودرزی. »

گیو شگفت زده پرسید که او را از کجا می شناسد؟ کیخسرو پاسخ داد که سیاوش پیش از

کشته شدن، همهٔ آنچه را پیش خواهد آمد به فریگیس گفته و نوید داده است که گیو از ایران

خواهد آمد و او را نزد بزرگان آن سرزمین خواهد برد تا کین پدر را از افراسیاب بگیرد. گیو

گفت که سیاوش خالی سیاه بر بازو داشت و از کیخسرو خواست تا بازوی خود را برهنه کند تا

آن را ببیند. گیو خال کیقباد را که بر بازوی همهٔ فرزندان و فرزندزادگان او نیز بود دید و

یقین کرد که او کیخسرو است. او را در آغوش گرفت و از شادی گریست و گفت:

« اگر آفریدگار بهشت و پادشاهی هفت کشور را به من می بخشید، آنچنان شاد نمی شدم که

اکنون از یافتن تو خوشحالم. »

و آفریدگار را سپاس گفت که به رنجِ جست و جوی او به خوبی و شادمانی پایان داد.

---

۱. بیجاده: سنگی قیمتی شبیه یاقوت

گیو و کیخسرو نزد فریگیس رفتند. فریگیس گفت که باید بی درنگ پنهانی به ایران بروند. زیرا اگر افراسیاب از آمدن گیو باخبرشود، هر سه آن ها را نابود خواهد کرد. پس از آن به کیخسرو نشانی سبزه زاری را داد که در پشت تپه ای در آن نزدیکی بود. و گفت که زین و لگامِ بهزاد را با خود به آنجا ببرد. هنگامی که گلهٔ اسب ها برای نوشیدن آب به چشمه ای که در آنجاست، می آیند، اسب او را خواهد شناخت و رام او خواهد شد.

صبح فردا کیخسرو اسب گیو را سوار شد. گیو نیز پیاده با او به راه افتاد. به سبزه زاری که فریگیس نشانی داده بود، رسیدند. با بالا آمدن خورشید، گلهٔ اسب های تشنه به آبشخور آمدند. آب خوردند و برگشتند، اما بهزاد در جای خود ماند. کیخسرو پیش رفت، دست بر سر و یال او کشید. اسب را آرام و رام دید. زین بر پشت او گذاشت و بر آن سوار شد. اسب ناگهان همچون باد از جا جست و به تاخت از آنجا دور شد. گیو شگفت زده و هراسان برجا ماند. با خود فکر کرد که چه بسا اهریمن خود را به صورت اسب درآورده و کیخسرو را با خود برده است. کمی بعد کیخسرو اسب را از رفتن بازداشت و ایستاد تا گیو به او رسید.

کیخسرو که همچون سیاوُش از فرّهٔ ایزدی برخوردار بود، آنچه را در دل گیو گذشته بود، برای او باز گفت. گیو کیخسرو را ستایش کرد وگفت:

تو از ایزدی فرّ و بُرز[1] کیان[2] به موی اندر آیی، ببینی میان

هنگامی که گیو و کیخسرو نزد فریگیس رفتند، او بی درنگ درِ گنجی را که سال ها پنهان کرده بود، باز کرد تا آنچه را از ابزار جنگ و گوهرهای فراوان نیاز داشتند، بردارند. آن دو پیش از

---

۱. بُرز: شکوه و عظمت

۲. کیان: جمع کی: پادشاهان

همه زره سیاوش را و پس از آن ابزار جنگ و گوهرهای گرانبها را تا آنجا که می توانستند، برداشتند و در گنج را دوباره بستند. فریگیس کلاهخودی بر سر گذاشت، بر اسبی سوار شد و هر سه پنهانی به طرف ایران به راه افتادند.

بزودی مردم شهر از رفتن کیخسرو به ایران باخبر شدند. این خبر به پیران رسید، سخت پریشان شد و همچون برگ درخت بر خود لرزید. دستور داد تا گلباد و نَستیهَن با سیصدسوار به دنبال آن ها بروند، گیو و فریگیس را نابود کنند و کیخسرو را به اسارت بگیرند، زیرا اگر او از جیحون می گذشت و به ایران می رسید، توران را ویران می کرد.

گلباد و نَستیهَن با مردانشان هنگامی رسیدند که فریگیس و کیخسرو، خسته ازسواری، در خواب بودند و گیو برای پاسداری آن ها با جامه و ابزار جنگ آماده و بیدار مانده بود. گیو همین که گرد سواران را از دور دید، پیش رفت و شمشیر خود را بیرون کشید و یک تنه با آن ها رودررو شد.

ز نیزه نیستان شد آوردگاه   بپوشید دیدارِ[1] خورشید و ماه

غمی شد دل شیر در نیستان   ز خون نیستان کرد چون میستان

و بسیاری از آن ها را کشت. آن دو ناچار شکست خورده و خسته، نزد پیران بازگشتند.

پیران با دیدن آن ها خشمگین شد. رو به گلباد کرد و گفت :

چه کردید با گیو و خسرو کجاست؟   سخن بر چه سان رفت؟ برگوی راست

---

۱. دیدار: چهره

گلباد از زور دست و توان شگفتی انگیز گیو گفت و اینکه اگر بداند که گیو با سواران او چه کرده است، او نیز از جنگ سیر خواهد شد. اما پیران او و نستیهن را به سختی سرزنش کرد که با داشتن چندین سوار جنگی از گیو که به تنهایی می جنگیده، شکست خورده اند و بی درنگ همراه با هزار سوار جنگجو برای یافتن کیخسرو و فریگیس و گیو به راه افتاد. شب و روز یکسره تاختند تا به رودخانه ای رسیدند که کم پهنا اما ژرف بود.

در آن سوی آب گیو و کیخسرو درخواب بودند. فریگیس که به دیده بانی ایستاده بود، با دیدن درفش پیران، خود را به آن دو رساند و آن ها را بیدار کرد. گیو به فریگیس و سیاوُش گفت که بالای تپه ای که در آن نزدیکی بود، بروند تا او خود با پیران و سوارانش بجنگد. کیخسرو به گیو گفت که این بار خود او با آن ها می جنگد تا گیو بیش از این خود را به دهان اژدها نیندازد.

بدو گفت گیو: « ای شه سرفراز — جهان را به تاج تو آمد نیاز ...

بسی پهلوان ست و شاه اندکی — چه اندک؟ چه[1] پیدا نبینم یکی

اگر من شوم کشته دیگر بود — سرِ تاجور باشد افسر بود

اگر تو شوی، دور از ایدر[2] تباه — نبینم کسی از درِ[3] تاج و گاه

آنگاه رنج هفت سالهٔ من بر باد خواهد رفت و مایهٔ ننگ خاندان خود خواهم بود. »

گیو آن ها را به طرف کوه فرستاد. سپس به کنار رودخانه رفت و همچون رعدِ بهاری غرید و هماورد خواست. پیران از آن سوی آب او را دشنام داد و گفت که هنگام مرگ او رسیده است. اگر سراپای خود را در آهن پوشانده باشد، هنگامی که هزاران مور گَردِ او جمع شوند،

---

۱. چه: بلکه

۲. ایدر : اینجا ؛ اکنون . دور از ایدر: دور از اینجا ؛ دور ازحالا. جملهٔ دعایی شبیهِ دور از جان

۳. از درِ: شایسته؛ در خور

زره را بر تنش تکه تکه می کنند و نعشش را بر خاک می کشند. گیو در پاسخ او گفت که پیش بیاید و از رودخانه بگذرد تا ببیند که او چگونه یک تنه با او و سپاه هزار نفری او خواهد جنگید.

پیران خشمگین با اسب به آب زد. گیو ایستاد تا او به آن طرف رسید، آنگاه به طرف دره ای که در آنجا بود، گریخت تا پیران او را دنبال کند و از سپاهیان خود دور شود. در آنجا کمند انداخت، پیران را از زین بر زمین کشید و دست و پای او را بست. سپس جامهٔ جنگ پیران را پوشید و درفش او را در دست گرفت و سوار بر اسب او به کنار آب برگشت. سواران به گمان اینکه او پیران است، رو به این طرف آبگیر به راه افتادند.گیو نیز به طرف آن ها رفت. همین که نزدیک شدند، بسیاری از آن ها را با گرز و شمشیر از پا درآورد. سواران از جنگیدن باز ماندند و به آن سوی آب برگشتند.

پس از آن گیو به سراغ پیران رفت تا او را بکشد. پیران به کیخسرو گفت:

« تو می دانی که من برای تو با افراسیاب، جدال های بسیار داشته ام. اکنون زندگی مرا به من بازگردان و از گیو برای من زنهار بخواه. »

گیو چشم به کیخسرو داشت تا ببیند او چه دستوری می دهد. فریگیس پیش آمد و از گیو خواست تا پیران را ببخشد و گفت که پس از آفریدگار، او بود که فریگیس و کیخسرو را یاری کرد و از مرگ نجات داد. گیو گفت که پس از کشته شدن سیاوش سوگند خورده است که خون پیران را بر زمین بریزد و زمین را از خون او ارغوانی کند، زیرا پیران بود که سیاوش را به توران برد و باعث کشته شدن او شد و اکنون که او را اسیر کرده است، سوگند خود را نخواهد شکست. کیخسرو به گیو گفت:

« سوگند خودرا مشکن. گوش او را با خنجر سوراخ کن تا همانگونه که سوگند خورده ای، خون او را بر زمین ریخته باشی ،

چو از خنجرت خون چکد بر زمین   هم از مهر یاد آیدت هم ز کین »

گیو پذیرفت.

پیران درخواست کرد که گیو اسب او را برگردانَد. گیو گفت که او را دست بسته بر اسب می بندد و به آن سوی آب می فرستد، اما باید سوگند بخورد که همچنان دست بسته پیش گلشهر برود تا او دست هایش را باز کند. پیران پذیرفت و گیو او را دست بسته روی اسب گذاشت و به آن سوی رود فرستاد.

آگاه شدن افراسیاب از گریختن کیخسرو و فریگیس

هنگامی که خبر گریختن کیخسرو و فریگیس به افراسیاب رسید، خورشید پیش چشمش تیره و تار شد. سپاهیان را آماده کرد و شتابان برای یافتن آن ها به راه افتاد. در میانهٔ راه نخست به جایی رسید که گلباد و نستیهن با گیو رودررو شده بودند. لشکریان پراکنده و کشته های برخاک افتاده رادید. شگفت زده پرسید که گیو و سپاهیانش چگونه به آنجا رسیده اند، بی آنکه کسی از آمدنشان باخبر شود و چه کسی آن دیوزاد[1] را از آمدن آن ها باخبر کرده است؟ و پاسخ شنید:

« یکی گیوِ گودرز[2] بوده ست و بس   سوار ایچ [3] با او ندیدیم کس

ستوه آمد از جنگِ یک تن سپاه   همی رفت گیو و فرِیگیس و شاه »

---

۱. دیو زاد : منظور کیخسرو است

۲. گیوِ گودرز : گیو پسر گودرز

۳. ایچ: هیچ

در این میان پیران و سپاهیان شکست خوردهٔ او نیز از راه رسیدند. افراسیاب همین که از دور پیران را با سر و روی خون آلود بر اسب، بسته دید، گمان کرد که گیو به دست تورانیان اسیر شده است. اما زمانی که نزدیک شدند و از آنچه بر پیران گذشته بود، آگاه شد، بر سر او فریاد کشید و سوگند خورد:

« اگر گیو و کیخسرو ابر شده باشند، آن ها را از آسمان پایین خواهم کشید، با شمشیر تکه تکه خواهم کرد و به دریا خواهم انداخت تا خوراک ماهیان شوند. »

و با شتاب همراه با سپاهیان به طرف رود جیحون تاخت.

رسیدن کیخسرو و فریگیس و گیو به کنار جیحون

کیخسرو و گیو و فریگیس به کنار جیحون رسیدند. گیو از رودبان، کشتی ای خواست تا با آن از رود بگذرند. مرد گفت که برای گذشتن از آب، شاه و خدمتکار یکسانند. هر کس می خواهد با کشتی به آن سوی رودخانه برود، باید هدیه ای به او بدهد و از گیو خواست که یکی از چند چیزی را که همراه دارد؛ زره یا اسب سیاهرنگ یا فریگیس یا کیخسرو را به او ببخشد. گیو رو به کیخسرو کرد و به او گفت:

« تو همچون فریدون از فرّهٔ ایزدی برخورداری و می توانی همانگونه که او از اروند رود گذشت، بدون کشتی به آن سوی رود بروی. ما نیز به دنبال تو خواهیم آمد.

اگر من شوم غرقه گر مادرت	گرانی نباید که گیرد سرت
نه مادر ترا زاد اندر جهان	که بیکار بُد[1] تخت شاهنشهان
مرا نیز مادر ز بهر تو زاد	ازین باره[2] بر دل مکن هیچ یاد »

---

۱. بیکار بودن: بی صاحب بودن و خالی بودن

۲. ازین باره : در این مورد

گیو
کیخسرو
فرنگیس
رودبان

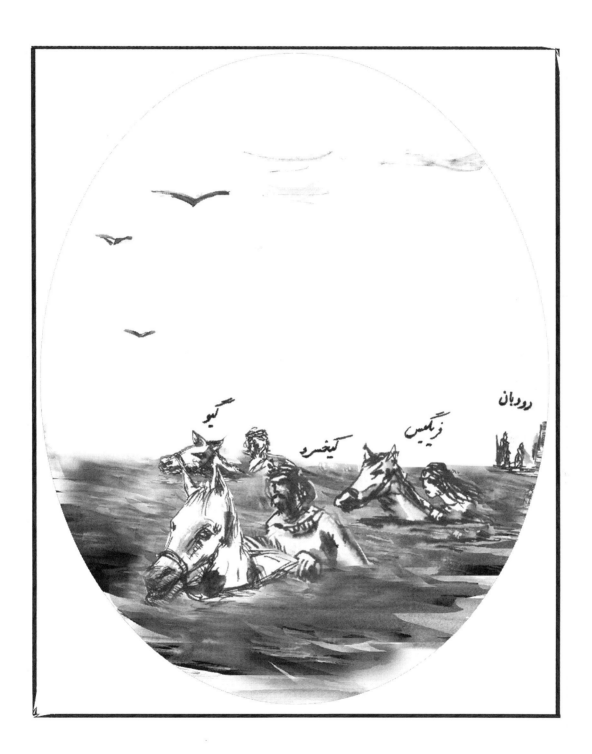

کیخسرو از اسب پیاده شد، روی خود را بر خاک گذاشت و از پروردگار خواست که او را یاری کند. سپس سوار بر بهزاد از آب گذشت. گیو و فرِیگیس نیز به دنبال او سوار بر اسب، خود را به ساحل روبرو رساندند.

مرد رودبان وقتی دید که آن سه به آسانی از آن رودخانهٔ پرآب گذشتند، در کار آن ها شگفت زده شد. هدیه هایی در کشتی گذاشت و برای آن ها به آن سوی جیحون برد. اما گیو آن ها را نپذیرفت و به او گفت:

چُنین مایه ور با گهر شهریار   همی از تو کشتی کند خواستار،
ندادی ، کنون هدیهٔ تو مباد   بود روز کاین روز آیدت یاد

کمی بعد افراسیاب به آنجا رسید و هنگامی که از رودبان شنید که آن سه به آن سوی رودخانه رفته اند، بر آن شد که سپاهیان خود را به آن طرف جیحون ببرد، اما هومان او را از این کار بازداشت و گفت که این کار همچون رفتن به کام شیر است. چرا که رستم و دیگر دلاوران ایران با او به سختی خواهند جنگید. افراسیاب درمانده و ناچار با لشکر خود به کَنگ برگشت.

رسیدن کیخسرو به ایران

همین که گیو و کیخسرو و فریگیس به ایران رسیدند، گیو دو پیک همراه با دو نامه برای گودرز به اصفهان و برای کیکاوس به پارس فرستاد. کاوس با شنیدن مژدهٔ آمدن کیخسرو بسیار شادمان شد و جشنی بزرگ برپا کرد. پس از آن گیو سیاوش و فریگیس را نزد گودرز، به اصفهان برد. بزرگان ایران همگی برای دیدار کیخسرو و گیو و فریگیس به آنجا رفتند. گودرز کاخ خود را به زیبایی آراست. شهر را آذین بستند. سرداران ایران هشتاد فرسنگ به

پیشواز آن ها رفتند. گودرز با دیدن کیخسرو فریگیس و گیو به گریه افتاد. از سیاوش یاد کرد و کیخسرو را ستود. سر و چشم گیو را بوسید و دلاوری و خردمندی او را درکارِ بزرگ برگرداندن کیخسرو ستایش کرد. همگی یک هفته در اصفهان به شادی و شادخواری گذراندند و روز هشتم به سوی پارس روانه شدند.

چو کیخسرو آمد برِ شهریار — جهان گشت پر بوی و رنگ و نگار ...
نشسته به هر جای رامشگران — گلاب و می و مشک با زعفران
همه یال اسبان پر از مشک و می — شکر با دِرَم [1] ریخته زیر پی [2]

کاوس همین که کیخسرو را دید، از تخت پایین آمد، او را در آغوش گرفت و اشک بر گونه هایش جاری شد. پس از آن او را در کنار خود بر تخت نشاند. کیخسرو آنچه را از کودکی تا آمدن گیو به توران و گریختن از سیاوَخشگرِد براو گذشته بود، برای او گفت و از دلاوری های گیو در برابر پیران و سپاهیان تورانی یاد کرد. آنگاه همگی به کاخی که از کشواد، پدر گودرز بازمانده بود رفتند و کیخسرو را بر تختی زرین نشاندند. به جز طوسِ نوذر که سپهسالار ایران بود، همهٔ بزرگان کشور و سران سپاه به دیدار کیخسرو رفتند. گودرز که از نیامدن طوس خشمگین شده بود، گیو را نزد او فرستاد تا به او بگوید:

« بزرگان و شیران ایران زمین — همه شاه را خواندند آفرین
چرا سرکشی تو به فرمان دیو؟ — نبینی همه فرِّ گیهان خِدیو [3]
اگر تو بپیچی ز فرمان شاه — مرا با تو کین خیزد و رزمگاه »

طوس در پاسخ گفت:

---

۱. دِرَم: سکه ؛ سکهٔ نقره

۲. پی: قدم

۳. خِدیو: پادشاه، گیهان خدیو : پادشاهِ جهان

« در ایران پس از رستم، من از همه دلیرتر و سرافرازترم. نبیرهٔ منوچهرشاهم و همگی شما باید رای مرا بپذیرید. فریبرز پسر کیکاوس برای پادشاهی شایسته تر از کیخسرو است. کیخسرو از نژاد افراسیاب است و پادشاه شدن او مایهٔ بدبختی ایران خواهد شد. »

گودرز از پاسخ طوس، سخت برآشفت و بر آن شد که با کمک هفتاد و هشت نوادهٔ خود و دوازده هزار سپاهی که دارد، با او بجنگد. طوس نیز با سپاهیان خود در برابر او قرار گرفت. اما بزودی اندیشید که جنگ او با گودرز، مایهٔ شادی و کامیابی افراسیاب خواهد بود و جنگ را آغاز نکرد.

کیکاوس کسی را نزد طوس فرستاد و به او پیغام داد که شادیِ آمدنِ کیخسرو را با زهر کینه و جنگ آلوده نکند. پس از آن او و گیو را نزد خود خواست. در گفت وگویی که در آنجا بین آن دو درگرفت، طوس بار دیگر گفت که فریبرز را برای پادشاهی سزاوارتر و شایسته تر از کیخسرو می داند. گودرز گفت که هرچند مادر کیخسرو از نژاد تور است، اما او فرزند سیاوُش است و از جوانمردی ها و خردمندی های او بهره دارد. افزون بر این، کیخسرو همچون فریدون از فرّهٔ ایزدی برخوردار است. او همچنانکه فریدون بدون کشتی از اَروند رود گذشت، بدون کشتی از جیحون گذشته است و آشکار است که شایستگی پادشاهی ایران را دارد.

و آن چنان خشمگین شد که به طوس گفت:

تو نوذر نژادی نه بیگانه ای	پدر تُند[1] بود و تو دیوانه ای
سِلیح[2] من ار[3] با من استی کنون	بر و یال گشتیت غرقه به خون

کاوس گفت :

---

۱. تُند: تندخو؛ عصبانی مزاج

۲. سِلیح: سِلاح: ابزار جنگ

۳. ار: اگر

« سیاوش و کیخسرو هردو فرزندان من و برای من یکسانند. هرکدام را برگزینم، دشمنیِ دیگری را برانگیخته ام. من چاره ای اندیشیده ام. آن ها را به دزِ بهمن[1] می فرستم. هرکدام از آن ها که بتواند آنجا را به دست بیاورد و آن دژ را که جایگاه اهریمن است، از وجود آن ها پاک کند، پادشاهی را به او خواهم داد. »

گودرز و طوس سخنان کاوس را پذیرفتند.

بزودی فریبرز با لشکری که طوس، سپهسالار آن بود، به طرف بهمن دز به راه افتاد. در نزدیکی دژ گرمای شدیدی آن ها را از پیش رفتن بازداشت. از شدت گرما نوک فلزی نیزه هایشان داغ شد و زره ها تن هایشان را سوزاند. دیوار گرداگردِ دژ آنچنان بلند بود که انتهای آن پیدا نبود و تیراندازی به آن امکان نداشت. طوس و فریبرز، یک هفته در اطراف دژ ماندند و کوشیدند دروازهٔ آن را پیدا کنند و راهی برای رفتن به درون آن بیابند. اما سرانجام نومید شدند و بی آنکه از رنجی که کشیده بودند بهره ای برده باشند، برگشتند.

رفتن کیخسرو به بهمن دز

پس از بازگشت طوس و فریبرز، گودرز و کیخسرو همراه با سپاهی آراسته به سوی بهمن دز به راه افتادند. هنگامی که به نزدیکی دژ رسیدند، کیخسرو دستور داد بر روی کاغذی چنین نوشتند:

« من که بندهٔ آفریدگار بزرگم و کیخسرو نام دارم، آمده ام تا اگر اهریمن در این دژ جایگاه دارد، به فرمان یزدان پاک، اورا نابود کنم. اما اگر آنجا، جایگاه سروش[2] است، همهٔ آن ها که

_____

۱. دز بهمن : بهمن دز ؛ دژ بهمن

۲. سروش: فرشته

در این دژ هستند، بیرون بیایند و به من بپیوندند. چرا که من از اهریمنیان نیستم و از فرّهٔ ایزدی برخوردارم.»

کیخسرو نامه را بر سرِ نیزه ای بسیار بلند زد و از گیو خواست تا نزدیک دژ برود و نیزه را به دیوارآن بکوبد، نام خداوند را بر زبان بیاورد و بی درنگ به لشکرگاه برگردد. گیو همانگونه که کیخسرو گفته بود، نیزه را به نزدیکی دژ برد، آن را با نامه ای که بر سر آن بود، به دیوار دژ کوبید و نام آفریدگار را بر زبان آورد. نامه ناگهان ناپدید شد، صدایی همچون رعد برخاست، دیوار دژ فرو ریخت و هوا از گرد و خاک تیره و تار شد. کیخسرو دستور داد دژ را تیرباران کنند. سپاهیان تیرها را همچون تگرگی که مرگ از آن می بارد، بر دژ فرو ریختند. بسیاری از دیوان از زخم تیرها یا از ترس هلاک شدند.

وزان پس یکی روشنی بردمید	شد آن تیرگی سر بسر ناپدید
جهان شد بکردار تابنده ماه	به نام جهاندار[1] و از فرِّ شاه
برآمد یکی بادِ با آفرین[2]	هوا گشت خندان و روی زمین

کیخسرو و گودرز به درون دژ رفتند. در آنجا شهری پر از کاخ و باغ و میدان های بزرگ دیدند. کیخسرو دستور داد تا در بالای حصارِ دژ، گنبدی که از بلندی به آسمان می رسید، ساختند و در آن آتشکده ای برپا کردند. موبدان و ستاره شناسان و فرزانگان را در آنجا گرد آورد. یک سال بعد که آتشکده رونق گرفت، کیخسرو از بهمن دز برگشت. فریبرز همراه با بزرگان شهر با هدیه های بسیار به دیدار او رفتند. کیخسرو از تخت پایین آمد. فریبرز را بوسید و در کنار خود بر تخت نشاند. طوس نیز درفش کاویانی را پیش او آورد و درخواست کرد تا آن را به هرکدام از پهلوانان که شایسته می داند، بسپارد و از آنچه پیش از آن کرده بود، پوزش خواست. کیخسرو با خوشرویی و مهربانی بسیار او را بر تخت نشاند.

---

۱. جهاندار : خداوند

۲. با آفرین: خوش و دلپذیر

بدو گفت کاین کاویانی درفش همین پهلوانی و زرینه کفش [1]
نبینم سزای کسی از سپاه ترا زیبد این نام و این دستگاه

سرداری سپاه را و درفش کاویانی را به طوس بازگرداند و گفت که تنها او شایستگی این کار را دارد.

کیخسرو پس از آن به پارس رفت. کاوسِ پیر که به پیشواز او آمده بود، او را درآغوش گرفت. با هم به کاخ کاوس رفتند. کاوس بر تخت زرین خود نشست. پس از آن دست کیخسرو را گرفت، او را بر جای خود نشاند و تاج بر سر او گذاشت. بزرگان شهر به بارگاه رفتند،

به شاهی بر او آفرین خواندند همه زر و گوهر برافشاندند

(پایان جلد دوم)

۱. زرینه کفش : کفشی که با رشته هایی از طلا بافته شده و خاص بزرگان و دلاوران است.

جلد اول داستان های شاهنامه را نیز پیشنهاد می کنیم.

Stories of Shahnameh (vol. 1)
Meimanat Mirsadeghi (Zolghadr)

ISBN: 978-1939099549

Animal Friends

صبح که می شه

سراینده: میمنت میرصادقی ذوالقدر

ISBN-13: 978-1939099488

Seasons

السَون و بلسَون

سراینده: میمنت میرصادقی ذوالقدر

ISBN-13: 978-1939099013

Co-operation

کار همه، مال همه

سراینده: میمنت میرصادقی ذوالقدر

ISBN-13: 978-1939099075

Snow

سفید قبا

سراینده: میمنت میرصادقی ذوالقدر

ISBN-13: 978-1939099211

Colors

دست کی بالاست؟

سراینده: میمنت میرصادقی ذوالقدر

ISBN-13: 978-1939099037

Sea

آقا پایا و کاکایی

سراینده: میمنت میرصادقی ذوالقدر

ISBN-13: 978-1939099020

The Kind Old Lady

خانم پیر مهربون

میمنت میرصادقی ذوالقدر

ISBN-13: 978-1939099273

The Garden Of Apples & Pears

باغ سیب و گلابی

میمنت میرصادقی ذوالقدر

ISBN-13: 978-1939099341

Rain

بچه ها بیاین تماشا ...

میمنت میرصادقی ذوالقدر

ISBN-13: 978-1939099433

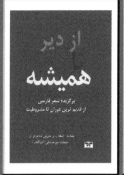
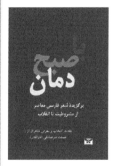
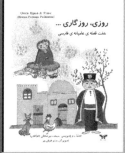
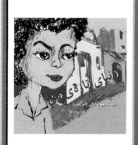
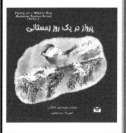
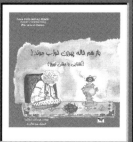

برای آشنایی با سایر کتاب های «نشر بهار» از وب سایت این انتشارات دیدن فرمائید.

To learn more about the other publications of Bahar Books
please visit the website.

Bahar Books

www.baharbooks.com